Joachim Schnerf

WIR WAREN EINE GUTE ERFINDUNG

Roman

Aus dem Französischen
von Nicola Denis

Verlag Antje Kunstmann

Im Gedenken an Josué

Sie amputierten
Deine Schenkel von meinen Hüften.
Was mich betrifft, sind alle immer
Ärzte. Sie alle.

Sie nahmen uns auseinander
einen vom andern. Was mich betrifft, sind sie Ingenieure.

Schade. Wir waren eine gute Erfindung,
eine liebevolle:
ein Flugzeug aus Mann und Frau,
Flügel und alles.
Ein wenig erhoben wir uns vom Boden.
Wir flogen – ein wenig.

Jehuda Amichai

Mein Kopf hebt sich, ich betrachte die Decke, die meinen Körper verbirgt. Der Oberkörper ist hier, Arme und Beine auf der falschen Bettseite. Allmählich lichtet sich mein Geist. Mir fällt wieder ein, dass ich mich dem Schlaf hinterhergewälzt habe, um ihn schließlich links zu finden. Links aus liegender Perspektive, auf ihrer Seite. Die Laken sind kalt, meine Augen müde. Ich halte den Atem an, um auf alle Einzelheiten in der Wohnung zu horchen, aber ich höre nichts, nicht einmal ein Knarren. Ob die Nazis sie erwischt haben?

Ich stütze mich auf die Unterarme, um das Zimmer zu inspizieren und ihren Händen dabei zuzuschauen, wie sie die Gegenstände zurechtrücken. Ich sehe ihre Bewegungen, ihre ersten morgendlichen Gesten, ich habe die Gewissheit der Erinnerung, die allerdings die Angst, ihr Gesicht zu vergessen, nicht eindämmen kann. Eine Angst, die mich seit der Beerdigung verfolgt.

Ich schließe die Augen und male mir aus, wie ich mich an Sarahs glühenden Körper schmiege. Wie ich meinen Rücken ihrer Lieblingsseite zukehre, während sie neben der Kommode, in der noch immer ihre nach Moschus duftenden Kleider liegen, schläft. Zu ihren Lebzeiten konnte ich die Frische ihrer Bettseite nie genießen; unbeugsame Hüterin. Bestenfalls gelang es mir, wenn sie unter der Dusche war, bis zu ihrem Kopfkissen zu rutschen und mich für einen Atemzug dort zu verlieren.

Ein halbes Jahrhundert, ohne den Schlaf auf ihrer Seite zu kennen, und dann jene auf Knien durchwachte Nacht an ihrem Bett. Ein anderes Bett, ein Krankenhausbett. Sarah ist noch nicht einmal zwei Monate tot, und ich erwache mit der Angst, ihre Gesichtszüge zu vergessen. Ich möchte kein Foto von ihr im Schlafzimmer haben, und so werde ich, wie jeden Morgen, ins Wohnzimmer gehen, um ihr Lächeln und ihre blauen Augen zu betrachten. Das Glas unter meinen Fingernägeln ist kalt, macht sie leichengleich, lässt ihre eingerahmte Haut glänzen und erblassen. Dann gehe ich, ohne ihr Bild loszulassen, in die Küche, um mein Frühstück vorzubereiten.

Heute Morgen wird es kein Brot geben. Ich habe die an Pessach verbotenen Lebensmittel aufgebraucht, die letzten Krümel sind gestern Abend im Kerzenschein verschwunden. Mit dem näher rückenden Sederabend beginnen mich die Osterfragen zu beschäftigen, ja heimzusuchen: Was unterscheidet diese Nacht von allen anderen Nächten, von den vorherigen und den kommenden, von den vergangenen Frühjahren und den bevorstehenden Osterfesten?

Der Refrain summt in meinem Kopf wie damals, als ich ein Kind war, zunächst reflexartig, dann aus Pflichtbewusstsein. Sich am Tisch vor allen anderen produzieren, die jahrtausendealten jüdischen Fragen singen, verbiegen und wiederkäuen. Und die Anwesenden beantworten die Fragen einstimmig, wenn möglich im Takt und auf Hebräisch, mit einem leichten Schmunzeln, ohne die üblichen

Klagelieder zu vergessen. Spöttisch schlagen die Erwachsenen mit den Fäusten den Takt, während die Jüngeren deklamieren:

In jeder anderen Nacht essen wir gesäuertes und ungesäuertes Brot, warum also essen wir in dieser Nacht nur ungesäuertes?

In jeder anderen Nacht essen wir allerlei Kräuter, warum also essen wir in dieser Nacht nur bittere?

In jeder anderen Nacht tunken wir unsere Lebensmittel kein einziges Mal ein, warum also in dieser Nacht gleich zweimal?

In jeder anderen Nacht essen wir sitzend oder angelehnt, warum also in dieser Nacht alle links angelehnt?

Die vier Strophen des Ma Nischtana, die zu Beginn des Sederabends von den jüngsten Familienmitgliedern gesungen werden, vier Fragen, die letztlich zu einer einzigen, grundlegenden verschmelzen: Was unterscheidet diese Nacht von allen anderen Nächten? Mit geheuchelter Naivität gehen wir an den beiden Osterabenden Jahr für Jahr in uns. Ein Sederabend und dann noch einer, zwei auf ihre Weise außergewöhnliche Nächte. In denen man immer wieder die gleichen, nicht enden wollenden Fragen stellt. Immer wieder die gleichen Speisen zu sich nimmt. Immer wieder, aber mit verschiedenen Abstufungen und blumigen Varianten die Geschichte des jüdischen Volks im Exil erzählt, heilige Abwandlungen, die allen Auszügen aus Ägypten ihre Würze geben. Und jetzt diese Nächte, ohne Sarah.

Da, ein Geräusch. Das Parkett hat geknarrt, nein, ich habe nicht geträumt. Ob die Nazis zurückgekommen sind?

Wieder ein Knirschen. Und wieder sage ich mir, dass es heute keine Razzien mehr gibt, aber das Geräusch der im Keller stöbernden Stiefel vermischt sich mit der Wirklichkeit. Sie werden nicht zurückkommen, das war vor fast siebzig Jahren. Und dennoch gelingt es mir nicht, die Lautschichten voneinander zu unterscheiden, das Summen des Todes zum Schweigen zu bringen. Mein gealterter Körper ist hier, ich sehe ihn vor mir, schwach und unbeholfen, er ruht unter der zu großen Bettdecke, die über uns lag, wenn Sarah neben mich schlüpfte.

Sie sollen mich ruhig mitnehmen, wenn sie wollen, aber ein paar Tage Aufschub könnten sie mir noch geben. Ich möchte meine beiden Töchter heute Abend nicht verwaisen lassen, ich habe Michelle und Denise versprochen, den Abend zu leiten, den Wein zu heiligen, die Lieder anzustimmen und die Speisen nach den Vorgaben der Haggada zu verteilen. Ein Buch mit Gebeten und Klagen, eine Erzählung von Kampf und Exodus, von Fragen und Hoffnung. Um das Vergessen zu besiegen. Bis zur einfachsten Geste ist alles genau vorgegeben. Bevor ich den Auszug aus Ägypten vorlese, werde ich das in der Tischmitte thronende Silbertablett nehmen und die sechs Speisen aufzählen, die sich wie bei jedem Pessachfest darauf befinden.

Tania und Samuel, die Kinder von Michelle und ihrem Mann Patrick, werden aufmerksam den Erklärungen ihres Großvaters lauschen, die sie längst auswendig kennen. Denn so ist es, gebetsmühlenartig werden die Geschmäcke und Melodien, die Familienanekdoten vergangener Zeiten wiederholt. Ich werde die schmalen Selleriestängel nehmen und ins Salzwasser tunken, faserige Stangen voller Tränen, den Tränen der in Gefangenschaft gehaltenen Hebräer. Die ganze Familie wird bemüht lächelnd darauf herumkauen.

»Hör auf damit, du Ferkel!« Michelle, meine Jüngste. Letztes Jahr hatte sie nicht länger an sich halten können. Tania und Samuel hatten ihren Onkel Pinhas nachgeahmt und sich so viel Sellerie in den Mund gestopft, wie sie konnten. Michelle tut sich sehr schwer, die Beherrschung zu wahren, wenn ihr Schwager die Kleinen in seine idiotischen Spielchen verwickelt. »Papa, mach weiter. Samuel! Es reicht jetzt! Du weißt doch genau, dass man nicht mit Essen spielt, dein Onkel ist komplett übergeschnappt. Oooh! Und du findest das auch noch lustig, Tania?« Denise, meine Älteste, senkte den Blick, ohne zu einer Verteidigung ihres Mannes anzusetzen. Patrick wiederum rannte, die Hände vor den Bauch gepresst, hinaus, um sich auf der Toilette einzuschließen. Meine arme Sarah sah ihm nach und grämte sich über diesen Sederanfang.

Gegen Mittag wird Michelle kommen, um mir bei der Vorbereitung des Abendessens zu helfen. Es muss jetzt sieben Uhr morgens sein, und ich denke bereits an die legendären Durchfallattacken ihres Mannes. Alle Straßburger Juden erinnern sich noch an Patricks Bar Mitzwa, die einer der Meilensteine unserer Gemeinschaft werden sollte. Mit seinen dreizehn Jahren hatte er, bereit zu singen, vor der Gemeinde gestanden. Plötzlich machte sich zwischen den Thorarollen ein lautes Magenrumoren bemerkbar.

Der Rabbiner überhörte es geflissentlich, aber das Geräusch meldete sich erneut, als Patrick die ersten Wörter der Strophe zu rezitieren begann. Die Knie durchgedrückt und die Oberschenkel aneinandergepresst, um das Unvermeidliche zu vermeiden. Mit zusammengekniffenem Hintern stürzte der junge Bar Mitzwa bei der ersten Unterbrechung fort.

Patrick hatte die Toilette fast erreicht, als sein Körper ihn endgültig demütigte. Heulend schloss er sich ein, schimpfte auf das Erwachsenenalter und sein Judenzeug, und versuchte dabei, sich mit einer Hand auszuziehen. Mit der anderen umklammerte er immer noch die silberne Hand mit dem ausgestreckten Zeigefinger, den Jad, der beim Lesen der Thorarollen die richtige Zeile einzuhalten hilft. Irgendwie musste er seine Hose herunterbekommen, seine Unterhose zwischen den Knien festklemmen und mit fünf Fingern und ein paar Blättchen Klopapier säubern, was noch zu säubern war. Als er endlich wieder an seinen Platz zurückkehrte, die Hose feucht und die Finger um die silberne Hand geklammert, begannen alle zu lachen, und zwar so laut, dass das ausgelassene Gelächter bis in den benachbarten Park Contades zu hören war. Ich war Zeuge dieses ersten Durchfalls meines künftigen Schwiegersohns, dem noch viele weitere, offenbar untrennbar mit seinem Judentum verknüpfte folgen sollten.

Als Patrick wieder an den Sedertisch zurückkam, war das Unbehagen noch drückender. In seiner Abwesenheit hatte ich mir nicht verkneifen können, die frisch aus Berlin eingetroffene Austauschpartnerin meiner Enkelin zu provozieren. Nachdem Tania im Rahmen eines Schüleraustauschs in Germanien gewesen war, hatte sie nun die Rolle der Gastgeberin inne, und dieser Sederabend hielt sämtliche Versprechen. Ich hatte mich schon angeschickt, die Deutsche angemessen willkommen zu heißen, aber was für eine Enttäuschung ... Langes schwarzes Haar, karamellfarbene Haut, auf diesen arischen Typus war ich nicht gefasst. »Leyla? Eine türkische Mutter?« Ich hatte meine Irritation verbergen und meine kanonischen Witze neu überdenken müssen. Plötzlich die Erleuchtung: »Kennst du den Unterschied zwischen einem Wachturm und einem Minarett?«

Zum Glück für seinen Magen erlebte Patrick nur die Stille, die auf die Pointe folgte. Leyla war sprachlos, Tania, für gewöhnlich nachtragend und impulsiv, wenn man *anderen* zu nahe trat, leichenblass. Mein Schwiegersohn setzte sich, ohne zu fragen, was er verpasst habe. Niemand sagte ein Wort. Dann kam das heilige Raunen über uns, ohne dass wir uns absprechen mussten, und endlich konnte das Unglück der Hebräer beginnen.

»Wärst du bereit, darüber zu sprechen?« Sarah hatte wochenlang gezögert, bevor sie mich fragte, schließlich hatte sie sich für ein schamhaftes Adverb entschieden, statt *Auschwitz* zu sagen. Ich sprach ständig darüber, ja, aber davon erzählen? Unmöglich, um die Shoah zu erwähnen, hatte ich nur meine Witze. Vereinzelte scherzhafte Anspielungen in ihrer Gegenwart, und ganze Nachmittage ohne sie, in Gesellschaft früherer Gefährten, Skelette, die wieder Fleisch angesetzt hatten. Ist es ein Fehler gewesen, ihr nie davon erzählt zu haben, weder ihr noch den Mädchen? Sarah konnte sich in ihrer Verzweiflung nur an meine KZ-Witze klammern. Sie registrierte jedes Wortspiel, jeden Lachanfall, jedes Kichern, das sich in irgendeiner Weise auf die Gaskammern bezog. Doch eigentlich begrub ich sie unter der Stille, und nun liege ich hier, in unsere stummen Laken gehüllt, ohne sie.

Das Zyklon B bringt mich nicht mehr zum Lachen, alles Exzessive hat seinen Reiz verloren. Als wäre es unmöglich, zwei Trauerfälle auf einmal zu bewältigen. Ein schwarz gewandeter Humor hat mich gestützt und angesichts dieser neuen Tragödie wieder verlassen: Nach dem Verlust der Menschlichkeit kam der Verlust der Liebe.

Ich erinnere mich an meinen ersten Sederabend mit Sarah, genauer gesagt, an meine ersten beiden. Wir waren noch nicht verheiratet und hatten erst ein paar Wochen zuvor unsere jeweiligen Familien kennengelernt. Ihre dürftige Kernfamilie: Vater, Mutter und ein autistischer älterer Bruder. Meine dürftige Restfamilie: eine von den Razzien verschont gebliebene Tante mit ihren drei Kindern, die jünger waren als ich, zwischen 1942 und 1945 geboren. Sie hatte ihnen die Namen von Toten gegeben: Einer der Söhne trug den meines Vaters, der während der Deportation umgekommen war; die Jüngste den meiner Mutter, ihrer während der Deportation umgekommenen Schwester; der Älteste aber hieß wie ich. Sie hatte ihn nach ihrem im Osten verschollenen Neffen benennen wollen, denn sie hatte nicht für möglich gehalten, dass ich zurückkehren würde. Wie konnten mein Vetter und meine beiden Cousinen das nur ertragen? Ich habe keine Ahnung. Wie hatte eine Jüdin mitten im Holocaust derart fruchtbar sein können? Das will mir immer noch nicht in den Kopf.

Der erste Osterabend fand in Sarahs Familie statt, der zweite in meiner. Auf den Schrecken folgte die Blamage. Von unserer ersten Begegnung an hatten Sarahs Eltern mich, den aus den Lagern zurückgekehrten Waisen, wohlwollend bei sich aufgenommen. Doch ohne es zu wollen, gab mir diese wohlhabende Familie meine mangelnde Vornehmheit und Erziehung zu spüren, eine Schwäche, die mich bis zum Tod meiner Schwiegereltern in Verlegenheit brachte. Sarah konnte mich noch so sehr bestärken, ich gehörte einfach nicht dazu.

Eine Unterhaltung führen, manierlich essen – die Grundlagen eines bürgerlichen Lebens hatten sich in den Latrinen von Auschwitz verflüchtigt. Vom ersten Augenblick an, als ich einen Fuß in die Wohnung gesetzt hatte, bis zu den Umarmungen am Ende dieses Sederabends war ich wie versteinert angesichts der Regeln, aber auch angesichts des unerschütterlichen, stillen Schwagers, der seine trostlosen, forschenden Augen auf mich heftete. Den ganzen Abend lang mimte ich die österlichen Klagen und zwang meine Kehle, sich den vom Familienoberhaupt angestimmten unbekannten Liedern anzupassen. Dabei immer dieser leere Blick, der mein Gesicht abtastete. Die Folter wurde noch unerträglicher, wenn die Lieder aufhörten und mich Sarahs Eltern mit Fragen quälten, eine nach der anderen, Fragezeichen um Fragezeichen. Die Folter der nach Vergangenheit Gierenden, die nicht lockerlassen, um dem Leben der Rückkehrer in allen Einzelheiten auf den Grund zu gehen. Und manchmal auch ihrer Gegenwart.

»Sie sind also Koch, Salomon?« Sarahs Mutter wollte die Situation entspannen, nachdem ihr Mann mir ein Dutzend Fragen zur Selektion am Lagereingang gestellt hatte. »Sie müssen ja ein richtiger Meisterkoch sein.«

»Ich bin Kücheninstallateur, bis ich etwas Besseres finde. Geschickter mit einem Hammer als mit einem Kochtopf!«

»Kücheninstallateur? Das ist ja ein origineller Beruf«, fühlte sie sich verpflichtet, hinzuzusetzen. »Dann sind Sie also ... ein Tüftler?«

»Ja, ja, ein richtiger Alleskönner. Aber fragen Sie mich bitte nicht, ob ich einen Blick auf Ihren Ofen werfe. Trotz meines Fachwissens auf diesem Gebiet habe ich da immer gewisse Hemmungen ...«

Mein erster KZ-Witz war einfach so herausgerutscht. Ein »Klassiker« für den ersten Sederabend bei meinen künftigen Schwiegereltern. Weder Sarah noch sonst jemand wagte, etwas zu erwidern, das Unbehagen an der Situation befreite mich. Ein kurzes Räuspern, dann entschuldigte ich mich, ich müsse kurz hinaus, und suchte Zuflucht auf der Toilette. Offenbar eine der merkwürdigen Angewohnheiten von Schwiegersöhnen.

Das Abendessen verlief ohne weiteren Austausch mit Sarahs Familie, ihre Eltern sahen mich mit schuldbewusstem Mitleid an. Ich war fehl am Platz, und ihre selbstverständliche Herzlichkeit verstärkte mein Unbehagen nur noch. Die Augen ihres Bruders wiederum wanderten unaufhörlich zwischen meinem Gesicht und der bestickten Tischdecke hin und her. Mein Witz hatte keinen Eindruck auf ihn gemacht. Er raunte die jahrtausendealten Klagen und traute sich nicht, sie deutlich zu artikulieren; wenn die Tischrunde ihn allein singen ließ, füllte mein zukünftiger Schwiegervater jede Atempause, um die Stille zu vermeiden, ihn zu beruhigen und wahrscheinlich unser Unglück zu betonen: »Einst waren wir Sklaven des Pharao in Ägypten. Aber der Ewige, unser G'tt, führte uns hinaus mit starker Hand und ausgestrecktem Arm. Hätte der Ewige, gepriesen sei er, unsere Väter nicht aus Ägypten geführt, wahrlich: Wir, unsere Kinder und Kindeskinder hätten auf ewig in Ägypten unterjocht bleiben müssen ...«

Trotz meines erbärmlichen Auftritts hatten Sarahs Eltern mich akzeptiert und empfingen mich weiterhin wohlwollend. Leider starben sie zwei, beziehungsweise drei Jahre später, der Abstand von einem Jahr ließ meiner Schwiegermutter Zeit, trauern zu können, dann selbst abzutreten und ihre Tochter vor der eigenen Mutterschaft erwachsen werden zu lassen. »Die Ordnung der Dinge«, hatte ich gewagt, meiner Frau nach der Beerdigung ins Ohr zu flüstern. Was für eine Plattitüde. Verzeih mir, meine heilige Sarah. Die Ordnung der Dinge, aber welche Ordnung? Welche Ordnung soll das sein, den Körper der Geliebten mit feuchter Erde zuzudecken? Ihn Witterung und Würmern auszusetzen, glücklichen Regenwürmern, die bald die letzten Schönheiten meiner Frau betrachten können.

Am folgenden Tag fand der Sederabend bei meiner Tante statt, in Gesellschaft einer ganzen Schar neurotischer Cousins. Ich hätte Sarah auf den Schock vorbereiten sollen. Sie hielt mich schon für übergeschnappt, begriff aber rasch, dass ein Überlebender an Blödsinnigkeit noch zu übertreffen war: durch seinen Namensvetter.

Der erste Teil des Sederabends blieb ohne Zwischenfälle. Das Abendessen verlief gut gelaunt, gespickt mit Erinnerungen an meine Eltern, die ich im Schlaf kannte, die meine Tante jedoch, wie bei jedem Familienessen, unbedingt wieder heraufbeschwören wollte, was Sarah eine Vorstellung vom Charakter ihres Schwiegervaters und ihrer Schwiegermutter vermittelte, die sie niemals kennenlernen würde. Vermutlich halbe Fantasiegestalten, gespeist aus den Bildern, die im Kopf meiner Tante knisterten wie ins Feuer geworfene Tannenzapfen. Sarah gab sich selbstsicher und verstand es, ihre Gesprächspartner mit einem einfachen Kopfnicken oder einem wissenden Blick zu beglücken. Die Schwester meiner Mutter hatte meine künftige Frau bereits ins Herz geschlossen und würde ihr aufmerksames Ohr zu nutzen wissen.

Plötzlich aber, Ägypten schien bereits in weiter Ferne, unterbrach mein Vetter Salomon die Pessach-Lieder und fragte Sarah: »Habt ihr eigentlich schon miteinander geschlafen?«

»Wie bitte?«

»Ich frage, ob du schon mit meinem Cousin geschlafen hast. Sex.«

»Das geht dich nichts an, Salomon«, versuchte ich einzugreifen.

»Aber Salomon darf mir alle Fragen stellen, die er will, Salomon! Dein Cousin und ich sind verliebt, und, ja, wir haben vor, eines Tages zu heiraten.«

»Und der Sex?«

»Kommt nach der Hochzeit ...«

Ich drohte zu ersticken, ich musste uns unbedingt da

herausholen. Sarah war Salomon gegenüber viel zu nachsichtig.

»Und wenn du *mich* heiraten würdest?«

»Weißt du, ich habe mir meinen Salomon schon ausgesucht ...«

»Aber falls du deine Meinung änderst? Oder uns beide heiraten willst?«

»Ich bin mir nicht sicher, dass das geht.«

Sarahs Tonfall hatte sich verändert.

»Ehe zu dritt, Sex zu dritt!«

Meine Tante gluckste, die Namensvettern meiner Eltern ebenfalls, ich war schweißgebadet. An jenem Abend schlug der Inzest die Shoah um Längen, ich hatte den Eindruck, dass wir diesen zweiten Sederabend nie über die Bühne bekommen würden, wenn nicht ein Wunder geschähe, vielleicht die Ankunft des Messias. Ja, daran hatte ich gedacht, ich, der ungläubige Überlebende. Hatte mein perverser Cousin etwa die Macht, die Existenz G'ttes zu beweisen?

Ich frage mich, was Sarah jetzt wohl täte, wo sie gerade wäre. Wahrscheinlich würde sie leise durchs Zimmer gehen und versuchen, sich fertig zu machen, ohne mich zu wecken. Ihre Füße streiften die Parkettleisten, streichelten sanft den Boden. Ich frage mich das, obwohl ich doch weiß, dass Sarah überall ist. Sarah. Ich mag es, ihren Namen zu flüstern, sie in meine Gedanken einzumauern, um das Vergessen an seinen Streifzügen zu hindern. Ich wickle meine Frau in unsere Teppiche und in unsere Vorhänge ein, ich zerstückle ihr Bild, damit kein Nazi sie ganz erwischen kann. Statt der Lampenschirme sehe ich ihre bläulichen Pupillen, statt der Kopfkissen ihre warmen Hände.

Und ich höre sie schimpfen: »Warum die Nazis, immer noch?« Sie hatte genug von der ständigen Shoah, aber ist es überhaupt möglich, eine Gedächtniswunde zu heilen? Sie infiziert sich immer wieder, sie wimmelt von Sarkasmen. So suchte ich sonntagnachmittags Zuflucht im Café unten, wo zwischen befreundeten Überlebenden der Lagerkrieg tobte, unser Shoah-Café, wo ich ungehindert lachen konnte: »... dein Struthof, eine Kur in den Vogesen, von dieser verfluchten Krankenversicherung finanziert ... und die Duschen in Bergen-Belsen, ein Luxus, verglichen mit den Thermalbädern in Baden-Baden ...« Unsere verborgensten Ängste mischten sich unter unsere spöttischen, notwendigen Tränen.

Der Hass auf den KZ-Humor, den Sarah entwickelt hatte, verstärkte sich nach der Episode mit den Fischen, die, wie sie behauptete, unsere beiden Töchter traumatisiert habe. Denise war damals acht, Michelle sechs. Ich hatte sie am Tag vor dem 14. Juli auf den Jahrmarkt mitgenommen. Nach ein paar Runden Karussell flehten sie mich an, mich beim Entenangeln zu versuchen und einen Goldfisch einzuheimsen. Mit sicherer Hand gewann ich zweimal, und meine Töchter durften jeweils eine mit Wasser gefüllte Plastiktüte nach Hause tragen. Darin schwamm ein winziges geschupptes Viech. Im Auto stritten ihre hellen Stimmen um die Namen für die neuen Freunde, bis ich sie daran erinnerte, dass ich derjenige war, der sie gewonnen hatte, und sie dementsprechend auch taufen durfte. Stille hinten. Lachen am Steuer. Sarah kam spät von der Arbeit zurück und entdeckte die beiden in einer Salatschüssel schwimmenden Goldfische. Ganz aus dem Häuschen übernahm Denise die Vorstellung: »Mama, das sind Goebbels und Göring, sie sind Brüder. Und ihre Namen fangen gleich an! Goebbels gehört mir, und Göring Michelle.« Sarah wurde kreidebleich und brüllte: »Salomon!«

Einer der beiden Fische starb nach achtundvierzig Stunden, ohne dass man gewusst hätte, ob nun der Herr über die Lüfte oder der Herr über die Propaganda verschieden war. Michelle bestimmte, indem sie Denise das Ableben ihres Goldfisches aufnötigte. »Göring hat überlebt, so ist das eben. Du kannst deinen Goebbels selbst ins Klo schmeißen, das mach ich bestimmt nicht für dich.« Sprachlos wohnten Sarah und ich der Szene bei, und mit gesenktem Blick tat Denise wie ihr geheißen. Unsere Passivität sollte Sarah rasch bereuen, als wir am folgenden Tag von Denise' Klassenlehrerin einbestellt wurden. Sie zeigte uns ein Aufgabenheft voller Herzchen, die sieben unschuldige Buchstaben rahmten: $G - u - e - b - e - l - s$.

Sie verzieh mir, jedes Mal. Nie grollte sie mir länger als ein paar Stunden, meine gedächtnislose Heilige. Woher soll ich heute Abend die Kraft nehmen, die Frucht der Rebe zu heiligen, den Weinsegen zu sprechen, der den Sederabend eröffnen wird? Sarahs Milde ist unvergänglich, und dennoch wird sich in jenem ersten Kelch Wein der Tod spiegeln. In der Tischmitte thront der Becher für den möglicherweise jederzeit eintreffenden Messias. Doch diese Nacht, diese so andere Nacht wird dem Becher keine Hoffnung lassen: Er wird immer der für die Abwesende sein. Ihre Lippen werden sich dem geheiligten Wein nicht nähern, wenn die fünf Erwachsenen- und zwei Kindermünder den ersten der vier Sederbecher trinken. Ein feierliches Gebet, das ich mit zitternder Stimme werde rezitieren müssen. Dabei werde ich die Brille zurechtrücken, obwohl meine Lider, die ich erst gegen Ende der Lobpreisung des Weins wieder zu öffnen wage, geschlossen sind. Lieber würde ich einnicken, in den rührseligen Erinnerungen der Sklaverei schwelgen und mir weinend ausmalen, wie die Peitschenhiebe der ägyptischen Vorarbeiter auf mich niedergehen.

Aber Sarah wird nicht da sein, und der erste Becher

wird gefüllt bleiben. Warum diese Nacht ohne sie? Wie soll ich diese, den anderen allzu ähnliche Nacht überstehen? Seit fünfzig Jahren habe ich Pessach nicht ohne meine Frau gefeiert. Gut vierzig Jahre lang haben Michelle und Denise kein ungesäuertes Brot ohne ihre Mutter gegessen. Die Schwiegersöhne rechnen lieber nicht nach, und die Enkel haben keinen Zeitbegriff. Diese Familie, die Sarah so teuer war. Denise und ihr Pinhas, der mediterrane Märchenerzähler, mit dem sie keine Kinder hat. Dann Michelle und Patrick, die zwei reizende Dämonen zur Welt gebracht haben. Tania, die Ältere, die Rebellin. Und Samuel, inzwischen zwölf, mit seinem glatten, unschuldigen Puppengesicht, das Sarah mit ihren faltigen Händen so gern bis in den letzten Winkel ertastete, wenn er sich bei den Familienessen neben sie setzte. Immer saß er am Sederabend zwischen ihr und mir. Um vom Auszug aus Ägypten zu hören, bereit, mir bei jeder Gelegenheit Fragen zu stellen. Denn so ist es, der Pessachabend ist die Nacht der Überlieferung an die Jüngsten, die Nacht der Fragen. Die Nacht, in der man die Trauer entdeckt.

Die Haggada nennt vier Sorten Kinder, mit denen die Erwachsenen an jenem Abend zu tun haben können: das weise, das böse, das einfältige Kind und das, das-noch-nicht-einmal-zu-fragen-versteht. Genau in diesem Moment kriegten sich für gewöhnlich unsere beiden Monster, Samuel und Tania, unter dem liebevollen Blick ihrer Großmutter in die Haare. Und wie im vergangenen Jahr wird Tania, ganz das Vorzeigekind, auch heute Abend die Stimme erheben, um die erste Passage zu lesen: »Was sagt der weise Sohn?« Samuel wird die Geschichte des zweiten Sohnes erzählen wollen, aber die Fingernägel seiner Schwester werden sich Stille gebietend in seinen Oberschenkel krallen. Dann wird es weitergehen wie jedes Mal. Sie wird mit dem zweiten Sohn, dem bösen, fortfahren, dann mit den übrigen und Samuel dabei breit grinsend anschauen. Um schließlich auch noch die übrige Tischgesellschaft mürbe zu machen, wird sie genüsslich mit den Quasten der um ihren Hals geschlungenen Kufiya spielen. Tania trägt sie ostentativ, um uns zu ärgern, vor allem aber, wie sie sagt, um die unglücklichen Unterdrückten auf der Welt nicht zu vergessen. Tania ist fast fünfzehn und kleidet sich mit ihrem Engagement.

Im vergangenen Jahr erlebte Tanias Austauschpartnerin diese Szene mit, ohne einen Mucks zu wagen. Leyla wirkte hin- und hergerissen zwischen der wachsenden Anspannung der Tischgäste und der Freude, an den Traditionen ihrer Gastfamilie teilzuhaben. Ein paar Wochen nach dem Sederabend erzählte meine Enkelin mir, dass ihre Austauschpartnerin tatsächlich noch nie ein Fest mit ihrer Familie gefeiert habe. Als sie nach dem Abendessen wieder in Tanias Zimmer waren, hatten sie sich unterhalten.

Leyla kannte ihren Vater nicht und war in der kleinen Berliner Wohnung, in der Tania damals untergekommen war, allein mit ihrer Mutter aufgewachsen. Als sie jünger war, hatte sie Geschwister gewollt, und später hatte sie ihre Mutter zu überzeugen versucht, den Kontakt zu ihren in der Türkei verbliebenen Cousins wieder aufzunehmen. Doch es war nichts zu machen, im Laufe der Jahre hatte sich die Einsamkeit immer weiter ausgebreitet. Sie war glücklich gewesen, wenn sie neben ihrer Mutter vor dem Fernseher zu Abend aß, beide aufs Sofa gefläzt. Später hatte sie andere Kinder kennengelernt und neue Möglichkeiten entdeckt, den Tag zu beschließen. Erzählen, einander anschauen.

Sie traute sich aber nicht, jemanden zu sich einzuladen, bis zu dem Pflichtaustausch mit einer gleichaltrigen Französin. Die erste Freundin, die sie in einer fremden Sprache und inmitten ihrer exzentrischen jüdischen Familie erlebt hatte. Ihrer eigenen Mutter hingegen konnte sie stets nur für einen Sekundenbruchteil in die Augen schauen. Wenn sie zusammen waren, saßen sie sich nie gegenüber, immer nur nebeneinander. Leyla hatte lernen müssen, das Profil ihrer Mutter zu entschlüsseln, ihre Launen an den Winkeln der Augenlider abzulesen. Traurigkeit zum Beispiel. Sie hatte ihre Mutter weinen gehört, aber nie weinen gesehen. Leyla ahnte ihre Sorgen auf Höhe der Schläfen, an den gräulichen Wurzeln, die an ihrem prachtvollen schwarzen Haar zehrten, in dem sie sich so gern vergrub. Aber sie kannte die Gesichtszüge ihrer Mutter, die Form ihrer Lippen nicht genau. Keine Küsse, nur ein Hals und das lange Haar, um darin zu vergehen.

Ich versuche, die Nacht zu verlängern und an jenen Morgen zu denken. Wir lagen im Bett. Das gleiche Bett, das gleiche Licht, das durch die Vorhänge milder wurde, bevor es unsere Gesichter traf; und über unsere noch jungen Lippen einen Schatten warf. An den Wänden befand sich damals eine Tapete mit gelblichen Motiven, an deren genaue Form ich mich nicht mehr erinnere. Wir waren wach, eine schlaflose Nacht, Wange an Wange, die Augen der Zimmerdecke zugewandt. Ein paar Stunden zuvor hatte Sarah mir eröffnet, dass sie schwanger sei, dass wir bald Eltern würden. Die Nachricht kam nicht völlig überraschend, wir sprachen schon lange darüber, und ich wusste, unsere bisweilen gereizten Diskussionen würden in diese Nacht münden, da Sarah ihre Hand auf meine legen und mir die Neuigkeit eröffnen würde. Acht Monate später sollte Denise zur Welt kommen.

Auf die sachlichen Diskussionen, die der Ankündigung vorausgegangen waren, folgten jetzt die Panikattacken. Wie konnte man ein Kind dieser Welt aussetzen? Der Welt der Lager, dem kriegerischen 20. Jahrhundert, das seinen überlebenden Kindern lediglich die Perspektive des Kapitalismus bot. In jener Nacht war mir nicht zum Lachen zumute, ich wagte noch nicht einmal, Auschwitz zu erwähnen. »Du sagst ja gar nichts.« Natürlich sagte ich nichts, die

Angst drehte mir den Magen um, und die Bilder der aufgeschichteten Toten legten sich über jeden Gedanken an unser Kind. Wenn ich an das Baby dachte, dachte ich an verwesendes Fleisch. Unmenschen. Ich biss die Zähne zusammen, drückte ihre Hand, blieb stumm, unfähig, zu scherzen. Sie war von meiner Reaktion enttäuscht, ich hatte ebenso belanglose wie panische Sätze gestammelt, als plötzlich der Wecker … War ich doch irgendwann eingeschlafen? Noch bei geschlossenen Augen stellten meine Finger das Klingeln ab, während ich versuchte, meine nächtlichen Gedanken zu entwirren. Wache Gedanken, Visionen und Träume, deren Grenzen nicht auszumachen waren. Sarah hatte nicht versucht, mich aus dieser Innenwelt zu lösen, die ich egoistisch zwischen uns errichtete. Sie wusste um meine Angst vor der Vaterschaft, vor dieser Zukunft im Lichte der Massaker, und doch lag sie neben mir in diesem Bett, als der Wecker klingelte. Ob sie geschlafen hatte?

Unter der Bettdecke suchte ich nach ihrer Hand, fand sie schließlich, eine Faust auf der Höhe ihres Bauchnabels. Verschlossen und kraftlos. Ich bedeckte sie mit meiner und versuchte, die Bilder zu verscheuchen, die mein Kopf während der Nacht hervorgebracht hatte. Die Geburt auf einer modernen Entbindungsstation, ein medizinisch bestens ausgerüsteter Raum, wo die Geräte im Takt eines noch ungeborenen Herzens schrillen. Ein Kreißsaal, wie ich ihn aus dem Kino kannte. Ohne Decke, noch nicht einmal eine gläserne, nur vier Wände und über unseren Köpfen der Himmel. Sarah liegt. Sie ist angespannt. Sie schwitzt. Ihre

Finger zerren nervös an ihrem grünen Kittel, während das Krankenhauspersonal sich auf Höhe ihrer Füße zusammendrängt. Ich weiß nicht mehr, ob es mein Traum war oder tatsächlich Denise' Geburt ein paar Monate später, oder die von Michelle. Die Bilder verschwimmen unter dem grauen Himmel, der den Kreißsaal überspannt. Die gleichen dunklen Wolken, die den Rauch der Krematorien schluckten. Bläuliche Schimmer, die im Rhythmus der Schreie aufleuchteten und verblassten. Ein gefundenes Fressen für den Psychoanalytiker.

Von dieser Episode ist mir vor allem die Stille in Erinnerung, die der Wecker zerriss, um den Anfang meines Lebens als Vater einzuläuten. Es ging nicht mehr darum, sich nach der Berechtigung der Vaterschaft zu fragen, nach ihren Möglichkeiten und Risiken, nach Verantwortung, Schuldgefühl und Pflicht, nach Vermächtnis und Verlassen. Ich wusste, dass trotz allem und trotz dieser Nacht ein Kind, mein Kind zur Welt kommen würde.

Geräuschlos stand Sarah auf. Sie kramte in ihrer Kommode und zog eine Strickjacke aus Kaschmir heraus. Ich setzte mich auf, und sie begann mit fester Stimme, unsere Wohnung zu beschreiben, in der bald nicht mehr ein Paar, sondern eine Familie leben würde. Theatralisch sah sie die Zukunft vor sich und vergaß bereits ihre Enttäuschung. »Stell dir mal vor, das Elternschlafzimmer ... Unser Schlafzimmer wird bald Elternschlafzimmer heißen! Los, komm mit, beeil dich ein bisschen, Salomon, schau dir das zukünftige Zimmer unseres Sohnes an, diesen klapprigen Sessel verkaufen wir, hier kommt die Wiege hin und da ein

Wickeltisch, außerdem musst du einen Schrank für seine ganzen Sachen bauen, versprich mir das, mit deinen schönen kräftigen Händen, es ist mir so wichtig, dass unser Kind selbst gemachte Möbel von seinem kleinen Papa hat. Ja, du wirst Papa, gewöhn dich nur schnell daran, mein Salomon, kein bisschen Ruhe mehr, sobald wir mit unserem Baby auf dem Arm zurückkommen, stell dir vor, wir drei auf der Türschwelle, kurz davor, unsere neue Wohnung zu betreten. Wir werden alles neu streichen, ich will fröhliche Farben, ich kann diesen düsteren Gang nicht mehr sehen, kannst du dir die ganzen Spielsachen, Plüschtiere und Kinderbücher vorstellen, die überall auf den Fliesen herumliegen? Bis zu den großen Fenstern kein freier Zentimeter mehr, ohne sofort ein Spielzeug zu zertreten. Los, wach auf, Salomon! Bemüh ein bisschen deine Fantasie, siehst du ihn im Badezimmer? Wie er in der Wanne planscht, während du mit der Seife hantierst, darum kannst du dich nicht drücken, ich kann mich nicht um alles kümmern, weißt du, deine Rolle als moderner Ehemann musst du schon ernst nehmen ... Er kann in unser Bett schlüpfen, wenn ihm etwas wehtut oder er Trost bei einem von uns sucht. Ich habe gelesen, dass die Geburt eines Geschwisterchens die Großen oft verstört. Was? Wir werden ja wohl nicht nur ein Kind haben!«

An diesen Ausruf erinnere ich mich am klarsten. Sarah, die von einem zweiten Kind sprach, während mein Geist noch im Bahnhof von Drancy festsaß, nächster Halt Auschwitz. Heute könnte ich ihr endlich antworten. »Ja, ich will zwei Kinder, ich hätte liebend gern zwei Töchter, und noch lieber Enkelkinder.« Ich würde ihr so gern antworten, um die Enttäuschung jener Nacht wettzumachen. Habe ich ihr im Laufe unseres langen gemeinsamen Lebens oft genug gesagt, dass ich es nicht bereute? Dass mich die Vaterschaft trotz aller Ängste glücklich gemacht hat?

Die Tage vergingen, und als der Geburtstermin näher rückte, musste ein Name gefunden werden. Sarah ließ nicht locker, wir bräuchten keinen weiblichen Vornamen zu suchen, sie erwarte einen kleinen Jungen. Er würde Denis heißen. Nach ein paar rasch entkräfteten Gegenvorschlägen begriff ich, dass es nichts bringen würde, in Geschlechts- oder Namensfragen mit ihr zu streiten, und ich mich besser zurückhielt, um einen unnötigen Konflikt zu vermeiden. Sarah und ich hatten kaum gestritten. Sie hatte gern bei jeder Gelegenheit das letzte Wort, und ich bin Konflikten und Geschrei immer aus dem Weg gegangen. Leider musste ich mich an das meiner Jüngsten gewöhnen, nachdem es mir – bis zu Michelles Geburt – in unserem Leben zu zweit und zu dritt gelungen war, die Ruhe aufrechtzuerhalten. Dabei traute sich unsere Jüngste nie, ihre Mutter oder mich direkt anzuschreien, wir waren bloße Zeugen, machtlose Zuschauer ihrer Gewaltausbrüche, die sich zuerst gegen ihre Schwester, später gegen ihren Ehemann und ihren Schwager richteten. Manchmal auch gegen meine Enkel.

Meine KZ-Witze ärgerten Sarah, doch diese Ausfälle stimmten sie tieftraurig. Sie fühlte sich schuldig, unsere zweite Tochter (die eigentlich ein Junge hätte sein sollen, Michel, Sarahs Mutterinstinkt konnte sie kein zweites Mal täuschen) nicht in ruhigere Bahnen gelenkt zu haben. Nie hörte sie auf, unsere Töchter zu lieben, mit der gleichen Energie, mit der gleichen Ehrlichkeit. Sie hätte so gern einem Jungen das Leben schenken wollen, doch ich wusste auch, dass ihre Mutterliebe weder für Verbitterung noch für Enttäuschung Platz lassen würde. Sie machte die Verstimmungen mit einem Wimpernschlag ungeschehen und liebte uns so. Meine heilige Sarah.

Der Tag streckt sich und schlägt Wurzeln. Ob ich auch morgen noch die Kraft haben werde, die Sonne wiederzusehen? Der Kardiologe hat seine Besorgnis kaum kaschiert, ich solle mich schonen und allzu starke Emotionen vermeiden; hoffen wir also, dass die bevorstehende Nacht mir nicht den Rest gibt. Bald wird Michelle hier sein und den Sederteller vorbereiten, sie wird alles Nötige mitbringen. Meine Töchter und Schwiegersöhne waren strikt: Ich dürfe mich nicht anstrengen, sie würden sich um alles kümmern. Michelle ist immer früher gekommen, um ihrer Mutter beim Anordnen der Osterspeisen zu helfen: Sellerie, Meerrettich, Lattich, ein gebratener Schenkelknochen, ein Ei und eine Schüssel mit Charosset, dessen Symbolik ich erklären werde, bevor die Kleinen sich ungeduldig draufstürzen. »Das wissen wir doch, Opa, ein dunkler Brei, der an die Farbe des Lehms erinnert, aus dem Jakobs Kinder die Ziegel für den Bau der ägyptischen Paläste formen mussten.« Datteln, Äpfel, Feigen, Nüsse, Wein, Gewürze, wiederholte Sarah von Jahr zu Jahr, und dann fielen die Kinder über den bräunlichen, süßen Brei her. Je nach Dosierung unterscheidet sich jedes Charosset von dem vorherigen, ist nicht ganz so kompakt, manchmal milder, manchmal sehr weinlastig.

Im vergangenen Jahr hatte Pinhas die geschmacklose

Idee, die Zubereitung des Breis zu kritisieren, der für sein Empfinden zu bitter war. Und vor allem ganz anders als der, den man in seiner Familie mit großen Löffeln verschlang. Sarah bebte vor Wut, während sich in Michelles Kopf wüste Beschimpfungen zusammenballten. Denise versuchte, die Stimmung zu befrieden, um einen rassistischen Hassausbruch gegen ihren armen sephardischen Mann zu verhindern. Ich wollte ihr beispringen und erinnerte an die zahllosen Traditionen, die unendlichen Varianten zwischen zwei Sederabenden und überhaupt zwischen zwei jüdischen Festen. »Schwierig, sich zurechtzufinden, zwischen Elsässern, Polen und *Sepharabern* ... Los, Pinhas, verzieh nicht das Gesicht, hast du dir mal deine Hautfarbe angeschaut? Und deine Tischmanieren? Wer, wenn nicht ein Araber, würde einen Teller über den Köpfen der Gäste herumreichen?«

»Du kannst uns doch nicht mit den Arabern vergleichen, Salomon! Ich habe noch nie jemandem die Kehle durchgeschnitten!« Ersticktes Lachen und verschwörerisches Augenzwinkern in Leylas Richtung. Die gesamte Tischrunde verging vor Peinlichkeit. »Außerdem sind wir im Maghreb nicht alle gleich, man kann doch Tunesier nicht mit Algeriern vergleichen. Ganz zu schweigen von den Marokkanern oder Miknasa! Das ist alles kein Problem, solange es ums Essen geht: Couscous mit oder ohne Merguez, für die ganz Originellen auch Rosinen. Aber wenn man sich auf *Religionsdinge* einschießt ... Mein Vater erzählte mir diese berühmte Geschichte: Ein Kapitän kam auf eine einsame Insel, wo Jahre zuvor ein Jude gestrandet war. Er hatte Zeit und Kraft gehabt, sich ein Haus und zwei Synagogen zu bauen. ›Warum?‹, fragte der Seemann. ›Die eine zum Beten, und die andere, um sie ja nicht zu betreten.‹« Pinhas' Witz half, ein Drama zu vermeiden, aber ich wusste, dass sich weder Tania noch Michelle damit zufriedengeben würden. Und schon gar nicht Sarah, deren Kochkünste angegriffen worden waren – es würde ein paar Stunden dauern, bis sie wieder besänftigt wäre.

Sie führte die Oberaufsicht über die Küche, ich war stets nur ein einfacher Bote, der Kühlschrank und Schränke füllte, bevor ich mich zurückzog und sie in ihrer mit meinen Händen erbauten Klause walten ließ. Ich entfernte mich mit kleinen Schritten, ohne ihr den Rücken zuzukehren, und sah zu, wie sie mit präzisen Gesten in die randvollen Taschen griff. Wenn sie mit der Vorbereitung eines Festmahls beschäftigt war, wusste ich, dass ich ein paar freie Stunden vor mir hatte, und nahm den Schuhkarton, in dem sich – ohne Sarahs Wissen, sie glaubte sie im Keller verschollen – unsere Hochzeitsfotos stapelten. Ich versteckte den Karton hinter meinen aufgehängten Anzügen, wie Harpagon, der eifersüchtig seine Schatulle hütet. Zwischen den Fotos lagen sorgfältig unterschlagene, sämtlich von ihrer Hand geschriebene Einkaufszettel. Die rührende Erinnerung an schwarz auf weiß verheißene Festessen. Jetzt brauche ich meinen Karton nicht mehr zu verstecken, die Fotos und Sarahs runde Schrift sind aus ihrem Schattendasein befreit. Rings um das Bett liegen abgerissene Zettel und vollgekritzelte Briefumschläge. Das Gefühl der Einsamkeit ist noch lastender, wenn ich an meine krankhaften

Angewohnheiten denke, an meine innigen, fast manischen Rituale. Und an diese Schachtel, die seit Sarahs Tod allen Blicken zugänglich ist.

Ich strecke den Arm aus, fahre mit unsicherer Hand in den Stapel Einkaufszettel und picke mir einen heraus. Kein Datum, er muss zehn oder zwanzig Jahre alt sein. 1 Bund Radieschen, 1 rote Zwiebel, 1 Becher Quark (achte auf das Datum), 1 kg Mehl, 12 Eier, Schokolade (mindestens 2 Tafeln, aber nicht mehr als 8, denk an deine Diät). Immer ihre kleinen Kommentare, um mich zu amüsieren und mich mit ihrer Stimme bis ans Kühlregal zu begleiten. Unter dem Einkaufszettel kommt ein Foto zum Vorschein. Sarahs Schleier ist über ihr hochgestecktes Haar zurückgeschlagen, rechts von ihr lächeln ihre Eltern in die Menge, die dem Brautpaar zujubelt. Ich betrachte ihre an meinen Unterarm geklammerte linke Hand. Meine Eltern hätten sich gefreut, mich im Anzug vor den Türen der Synagoge zu sehen. Wahrscheinlich beobachteten sie mich von dort, wo sie waren, so wie Sarah heute auf mich schaut. Vielleicht werden sie an diesem Sederabend zusammen sein, zusammen aus Ägypten ausziehen, ohne sich je gesehen zu haben? Ich habe keine Bilder von meinen Eltern gefunden, die ich meiner Frau hätte zeigen können; mein Vater, meine Mutter und ich waren gleichzeitig deportiert worden. Und hatten unsere Schuhkartons hinter uns gelassen.

Im Hintergrund, neben meinem Vetter Salomon, versteckt sich Monsieur David, Sarahs geschätzter Festkoch, der um ein Haar unser Hochzeitsessen, die Bar Mitzwa unserer Töchter und Denise' Hochzeit verpatzt hätte.

Michelle hatte natürlich schon wenige Minuten nach ihrer ersten Unterredung mit ihm die Geduld verloren und beschlossen, einen anderen Koch zu engagieren. Im Nachhinein eine weise Entscheidung, denn Patricks Magen hätte sich schwer damit getan, den Stress seiner eigenen Hochzeit und obendrein Monsieur Davids ungesunde Küche zu verkraften.

Er stand dort, im Hintergrund, und es war unbegreiflich, wie es ihm gelungen war, gleichzeitig zweihundert Mägen zu füllen und sich auf dem Vorplatz der Synagoge in Pose zu werfen. Ich hatte ihn ein paar Monate zuvor kennengelernt, als wir mit ihm an einem Tisch saßen, um das Festmenü zu besprechen. Ich hatte geschwiegen und Sarah über die Anordnung des Vorspeisenbüfetts, die Anzahl der Bohnen pro Teller und die Geschmacksrichtung der Sorbets referieren lassen. Dann das endlose Verhandeln um das Pro-Kopf-Budget. Bei all ihrer scheinbaren Zurückhaltung war Sarah eine andere Frau, wenn sie verhandelte. Die Unterredungen dauerten Stunden, sie gab nie nach, wenn sie spürte, dass ihr Gegner womöglich einknicken würde. Monsieur David und sie waren wie füreinander geschaffen, es bereitete ihnen ein schlecht verhehltes Vergnügen, bei jedem Kostenvoranschlag die Arena zu betreten. Sarah fand nächtelang keinen Schlaf und bereitete sich vor wie eine Sportlerin auf den Wettkampf, am Tag vor dem Termin aßen wir abends nur Kohlenhydrate.

Sarah hatte einen unglücklichen Tick, wenn sie zu verhandeln begann: Mit ausgestrecktem Mittelfinger – die anderen Finger gekrümmt, um den mittleren ganz zur Geltung zu bringen – glättete sie sich nervös die Augenbrauen. Wer sie kannte und um ihre grenzenlose Sanftheit wusste, konnte ihr unmöglich eine böswillige Absicht unterstellen. Aber der Polizist, der uns auf dem Rückweg aus dem Urlaub anhielt, kannte meine schöne Sarah offensichtlich nicht. »Meine Töchter sind völlig erschöpft, Herr Wachtmeister, sie schreien ununterbrochen. Ich habe überhaupt nicht auf den Tacho geachtet.« Ich saß auf dem Beifahrersitz und versuchte, nicht hinzuschauen. Ich wusste jedoch, dass der Finger sein Werk begonnen hatte. »Bitte, seien Sie so ...«

»Wollen Sie mich verarschen?«

»Ich will Ihnen nur ...«

»Den Stinkefinger zeigen, vor Ihren Kindern, ist das Ihr Ernst?«

»Aber nein, das ist nicht, was ...«

»Steigen Sie sofort aus!«

Hinten wurde munter weitergeschrien, Denise und Michelle brüllten, während ihre Mutter die Autotür öffnete. Der Polizist durchsuchte Sarah, ließ uns alle aussteigen und inspizierte das Auto. Ich erklärte ihm den Tick meiner Frau, aber es war nichts zu machen; er fragte, ob ich einen Führerschein hätte, und nahm Sarah mit.

Sie blieb mehrere Stunden auf der Wache, bevor sie wieder gehen durfte, die Augen vom Weinen gerötet. Natürlich erwartete ich sie und schloss sie in die Arme, um sie zu beruhigen: »Komm schon, jetzt ist ja alles vorbei. Ehrlich, so schlecht sitzt man gar nicht. Es ist jedenfalls deutlich bequemer als im Vélodrome d'Hiver, die machen Fortschritte bei der Polizei!« Sarah fehlte die Kraft zu antworten.

Patrick, ein Aschkenasi wie er im Buche steht. Die Art von Jude, der sich mit niemandem anlegen will, der sich lieber ein Hakenkreuz auf die Stirn tätowieren lassen würde, als ein Kind zu bitten, das Radio leiser zu stellen. Ich kann nicht sagen, ob mein Schwiegersohn mir leidtut oder ob ich seinen Mut bewundere, Michelle geheiratet zu haben und angsterfüllt zwei Kinder großzuziehen. Wie dem auch sei, immer dieser gesenkte Blick. Wenn ich an seine Mutter denke, die eine so schöne Frau war, aufgeweckt, umtriebig und fröhlich, wie hat sie nur dieses kleine verschreckte Etwas hervorbringen können? Mein hypochondrischer Schwiegersohn, der vor jedem Zahnarztbesuch einen blühenden Ausschlag bekommt in der Überzeugung, dass sein Körper bis ans Zahnfleisch von Krebszellen befallen ist, der aber trotzdem alle unsere Familienfeiern überlebt. Wenn man die heftigen Wortgefechte zwischen Michelle und Pinhas, zwischen Michelle und Denise und zwischen Michelle und den Kindern kennt, fragt man sich, weshalb er nicht einfach alles hinwirft und sich ruhigere Gewässer sucht? Ist es die Angst, die ihn zurückhält? Oder doch die Liebe zu seiner Frau, die er – trotz des Geschreis und der Zankereien, trotz seiner nervösen Durchfallattacken – sanftmütig wie ein Neugeborenes anhimmelt.

Patrick, ein kleiner Jude, der immer ein paar Minuten

zu früh kommt. Michelle folgt ihm mit den Kindern dicht auf den Fersen, ohne sich je über sein manisches Zeitmanagement zu mokieren. So hatten Sarah und ich im Übrigen unsere Töchter erzogen, Pünktlichkeit wird in unserer Familie hochgehalten. Pinhas hingegen hat Denise nach und nach ihre jüdisch-elsässische Disziplin abgewöhnt, der unermüdliche Schwadroneur und unsere Tochter kommen immer zu spät, ohne dass wir es ihnen verübeln können. Schließlich war es meinem Schwiegersohn gelungen, dieses Lächeln in die Augen meiner Ältesten zu zaubern. Sie konnte zwar lachen, aber bis zu ihrer Begegnung mit Pinhas hatte ihr Gesicht nie gestrahlt. Sarah liebte diesen neuen Blick, sie hätte jede Verspätung verziehen, um Denise' leuchtendes Gesicht am Arm ihres Mannes zu sehen. Unsere Tochter hatte sich so verändert, seitdem er in ihr Leben getreten war, als hätte Pinhas' orientalische Leichtigkeit sie befreit. Dabei wussten wir, dass die Festessen an der Seite ihrer Schwester für ein paar Stunden die Glückseligkeit aus ihren Gesichtszügen wischen würden, ein Schrei genügte, um die Aufwärtskurve ihrer glücklichen Lippen einbrechen zu lassen.

Patrick, bei jeder Gelegenheit der *Eingebildete Jude*: Mit seinem gekrümmten Rücken wirkt er unablässig von unserer Geschichte niedergedrückt. Kein einziger Deportierter in seiner Familie, und trotzdem behagen ihm Lagerwitze überhaupt nicht, wie ich weiß. Sein empörter Blick hilft Michelle nicht gerade, sich zu entspannen; wenn dann aber seine Augen bei der geringsten Erwähnung des Wörtchens »Shoah« vor Rührung feucht werden, bin ich es, der kurz davor ist, zu schreien. Wahrscheinlich brieten sich Pinhas Eltern gerade Sardinen am Strand, während wir in Rauch aufgingen, aber wenigstens schaut er nicht so gequält drein, wenn ich mich über die Lager lustig mache. Vielleicht beruht die Eigentümlichkeit der Sepharden auf dieser ungebrochenen Heiterkeit, ihrer manchmal irritierenden Sorglosigkeit. Immerhin sind auch sie Wandernde, wie hätten sie ohne das Lachen überleben sollen?

Die Träumereien, durch meine Augenlider vor dem Tageslicht geschützt, verflüchtigen sich mit jedem Wimpernschlag, meine Hände schieben müde die Decke zurück, meine Ellbogen helfen mir, mich aufzusetzen. Ich muss aus dem Bett. Ich sitze vor ihrer Kommode, atme lange durch und stehe auf, um so schnell wie möglich hier rauszukommen und die Intimität unseres Schlafzimmers ruhen zu lassen. Ich stütze mich auf das Möbelstück, schöpfe Atem, und fühle, wie sich ihre Hand auf meine legt. Sarahs Hand lässt mich nicht los, unsere Hände sind nie voneinander gewichen. Unsere Hände beim Essen, unsere Hände beim Einschlafen. Handflächen, die wir nicht lösen konnten, wie geschaffen füreinander. So wie ein Fels sich nach dem Wasser formt, das täglich an ihm leckt.

Ich lasse die Tür hinter mir offen stehen, gehe den Gang hinunter bis zum Esszimmer. Das Atmen fällt mir immer schwerer, ich muss mich setzen. Ein Reflex, unvermittelt sitze ich an meinem Platz: der am Tischende thronende Zeremonienmeister. Schon ist überall Pessach, die Matze-Schachteln haben die Wohnung in Beschlag genommen, und die Stühle warten nur darauf, dass es dunkel wird, um die versammelte Familie aufzunehmen. Alle, nur sie nicht. Samuel wird links von mir sitzen; ich höre bereits die zögerliche Stimme meines Enkels: »Was unterscheidet diese Nacht von allen anderen Nächten?« Seine Augen sind auf mich geheftet, er lechzt nach einer Antwort, während er fast unmerklich vor- und zurückschaukelt. Und die Augen der Großmutter unter den Wimpern des Kindes: »Warum diese Nacht ohne Oma?« Sarah, die ich seit unserer ersten Begegnung jeden Tag noch mehr geliebt habe, eine im Rhythmus der sich eingrabenden Falten gereifte Liebe, eingraviert in unser Fleisch wie eine Furche, die den Blick verlängert. Ihre blauen Augen und langen Wimpern, die Samuel geerbt hat.

Die Schultern meines Enkels sinken herab und reißen seinen ganzen Körper mit in das unmerkliche Hin und Her, das heilige Schaukeln zwischen Schmerz und Hoffnung. »Opa, warum diese Nacht?« Samuel wird die Anwesenheit seiner Großmutter spüren, die körperliche Erinnerung an ihre Hand, die sich auf seine Stirn legte. Ihre Handfläche, die sich wie ein Schleier verflüchtigte, die seine Lippen streifte, sich entzog. »Was unterscheidet diese Nacht von allen anderen Nächten?« Einstimmig werden seine Schwester, seine Eltern, seine Tante, sein Onkel und ich ihn unterstützen, um jede der Fragen, deren Geheimnis das Hebräische wahrt, zu beantworten. Die vier Fragen, die nicht ausreichen, um die Trauer zu erklären, und dennoch die Abwesenheit spürbar machen. »Warum diese Nacht? Warum das ungesäuerte Brot und die bittern Kräuter?« Wir, die wir nicht mehr wissen, zu wem wir sprechen, die wir selbst nach Antworten suchen; die wir den Tod befragen.

In meinem Kopf endet der Gesang, aber meine Erinnerung speist den Strom der Gebete, auf dass er niemals versiegt. Da sind der Auszug aus Ägypten und das Lied der vier Söhne; Jakob und die Kinder Israels, die sich vermehrt haben wie die Sterne des Himmels. Die Poesie verschmilzt mit dem Leid, das bis zum Wahnsinnigwerden besungen und wiederholt wird. Die Unterwerfung besingen und sich, wie es geschrieben steht, bis zur Befreiung des versklavten Volkes an Gott halten. »Der Ewige führte uns aus Ägypten, nicht etwa durch einen Engel, ja nicht einmal durch einen Seraph oder anderen Boten. Der Heilige, gelobt sei er, handelt selbst in all seiner Herrlichkeit.« Und ich bete, damit ich die Kraft habe, mit meinen Töchtern und Enkeln auszuziehen, damit mein trauerndes Herz mich nicht zurücklässt, so wie ich Sarah in der Erde zurückgelassen habe.

Manchmal ist das Zurücklassen notwendig, um zu überleben. Meine Tante war ein paar Jahre zuvor gestorben, der Bruder und die Schwester meines gleichnamigen Vetters waren vor wenigen Monaten von uns gegangen. Trotz seines merkwürdigen Verhaltens konnte ich Salomon an den Festtagen, vor allem an Pessach, nicht von der Familie ausschließen. Seit seiner ersten Begegnung mit Sarah hatte er sie immer zu bezirzen versucht. Daher wahrte ich lieber etwas Distanz, vor allem nach der Geburt der Mädchen, aber wie sollte ich ihn kurzerhand allein mit dem Pharao zurücklassen?

Michelle und Denise waren meinem Vetter bei den seltenen Zusammenkünften begegnet, wenn die lebenden Familienmitglieder eine Geburt oder eine Bar Mitzwa feierten. Sie sprachen kaum mit ihm – Sarah und ich bildeten eine unüberwindliche Barriere zwischen meinem Namensvetter und unserem Nachwuchs –, doch bereits als Salomon sich zu Beginn jenes Sederabends breit lächelnd meinen Töchtern gegenübersetzte, wusste ich, dass ich nie wieder das ungesäuerte Brot mit ihm teilen konnte, dass wir ihn nie wieder an unserem Tisch empfangen würden. Denise war gerade volljährig geworden und hatte beschlossen, uns an diesem Abend zu fragen, ob sie mit ein paar Freundinnen zusammenziehen dürfe.

Salomon hatte sich im Griff und ließ Sarah gegenüber kein falsches Wort fallen, bis ihm aufging, dass Denise möglicherweise bald unabhängig wäre. Mein Vetter war alterslos, doch sein Gesicht wirkte greisenhaft, als er sich meiner ältesten Tochter zuwandte. Er schnappte sich die Weinflasche, um Denise nachzuschenken, und begann, für ihr Anliegen einzutreten und an ihrer Stelle zu argumentieren. Ihr großer, normalerweise so distanzierter und Furcht einflößender Cousin engagierte sich für ihre Freiheit, sie klammerte sich aufgeregt an seine Hand, während sie mit der anderen nach ihrem Glas griff. Salomon triumphierte, unter Michelles entsetzten Augen legte er seine andere Hand auf die meiner Tochter ... Sarahs Mittelfinger begann, ihre Brauen zu bearbeiten, meine Fingernägel krallten sich in die weiße Tischdecke, niemand wagte sich einzumischen. Plötzlich ein Aufschrei. Selbst eine von den ägyptischen Peitschen malträtierte Frau hätte sich nicht so die Seele aus dem Leib geschrien. Salomon hatte Denise' Fuß mit dem von Michelle verwechselt.

»Aah! Weg mit deinem Fuß, du dreckiger Perverser!« Denise begriff nicht, weshalb ihre Schwester derartig brüllte, immer musste sie die Aufmerksamkeit auf sich lenken. Doch als ich aufstand, sah ich, wie sich eine schmutzige Socke an der Wade meiner Jüngsten rieb. Er lachte, Michelle gestikulierte. »Salomon! Tu endlich was!«, rief Sarah. »Das versuche ich ja, aber deine Tochter hilft mir nicht gerade ...«, versetzte mein Vetter ironisch. Zum ersten Mal im Leben rutschte mir die Hand aus. Ich legte meine ganze Kraft in diesen Schlag ins Gesicht meines Namensvetters, der sofort zudammenbrach. Weinend befühlte Salomon sein geschwollenes Gesicht. Ich ging in die Küche, um Eiswürfel zu holen – meine Hand schmerzte fürchterlich –, und griff, ohne nachzudenken, nach dem Messer, das auf der Arbeitsfläche lag. Dasselbe Messer, das ich jedes Jahr am Abend vor Pessach dazu benutze, die Krümel von verbotenem Brot oder Kuchen zu beseitigen. Ich atmete tief durch und spürte, wie es mich oberhalb vom linken Oberschenkel zu jucken begann, wie damals als Kind im Lager. Und dann meine Hand, die fürchterlich schmerzte. Ohne den Gefrierschrank zu öffnen, lief ich wieder ins Esszimmer zurück, mit der zögerlichen Klinge drohend, die genauso zitterte wie ich.

Meine Leiste juckte, ich musste mich kratzen. Wahrscheinlich war es die Anspannung, die übermäßige Schweißabsonderung, die aus sämtlichen Spalten meines Körpers drang. Ich starrte auf Salomon, und Salomon starrte auf meine Hand. Doch meine ganze Aufmerksamkeit war nur auf den Juckreiz konzentriert. Endlich beschloss Sarah einzugreifen. »Leg das Messer hin, Salomon, dein Vetter wird jetzt gehen.« Und zu ihm gewandt: »Los, raus mit dir, nun mach schon.« Meine Muskeln waren angespannt, meine Augen konnten die kleine Gesellschaft nicht mehr erkennen. Michelle und Denise waren bloße Gespenster, Sarah nur eine Stimme. Ich nahm wahr, wie mein Vetter langsam auf die Tür zuging, rührte mich aber nicht. Wäre ich fähig gewesen, ihm nachzulaufen und die Klinge dem, der meinen Namen trug, zwischen die Schulterblätter zu rammen? Ringsherum nur Schatten, ich war durstig, von Flöhen und Läusen geplagt, von der Hypermnesie meines Körpers.

Die Tür fiel ins Schloss. Meine Hand ließ die Waffe fallen, entkrampfte sich und suchte einen Weg in die Leiste. Da, noch etwas weiter. Dann begann ich, mich verzweifelt zu kratzen, konnte gar nicht mehr aufhören, eine ebenso wohlige wie schmerzliche Wärme entflammte meine Haut. Ich hatte keine Gewalt mehr über meinen Körper. Sarah kam zu mir, drückte ihre kalte Nase an meinen Hals und küsste mich. Meine hektischen Gesten wurden langsamer, bis sie irgendwann aufhörten und das Brennen verflog. Die Bilder hingegen, die ich für vergraben hielt und die in diesem Augenblick an mir vorbeizogen, sollten mich nie wieder verlassen. Die vom Typhus verzehrten Körper, die belustigten Blicke unserer Henker. Was wäre ich fähig, ihnen anzutun, wenn ich auf einmal vor ihnen stünde?

Ich sprach nie mehr über diesen Abend, weder mit Sarah noch mit meinen Töchtern. Salomon verschwand für immer aus unserem Leben.

Wer wohl um diese Uhrzeit klingelt? Michelle hat die Schlüssel, und für den Messias ist es noch ein bisschen früh. Hoffentlich ist es nicht der Nachbar von oben, der mir Zucker klauen will, irgendwann werde ich ihm eine Packung schenken. Lahaye, Dehaye, ich weiß nicht mehr, wie der Rothaarige heißt. Vielleicht ein Hausierer? Ganz schön hartnäckig, so früh am Morgen, die Gestapo war immerhin so gnädig, sich anzukündigen, indem sie an die Tür hämmerte. Geduld, Geduld, das ist doch unglaublich!

»Hallo? Hallo?« Keine Antwort, nichts im Türspion. War ich zu langsam, oder strapaziert hier jemand meine Nerven? Das gefällt mir nicht. Ich werde Michelle bitten, nachzuschauen, ob es der Rotschopf war, der seine Erdbeeren zuckern will.

»Opa, warum hat ER eigentlich nichts unternommen, als du in Auschwitz warst?« Tanias Frage letztes Jahr hatte die ganze Tischrunde überrascht. »Du glaubst auf einmal an G'tt?« Meine Enkelin hatte die Augen verdreht. »Im Ernst? Das weiß doch jeder, das ist das Opium des Volkes. Ich frage dich ja nicht, ob es Ihn gibt, ich will nur wissen, warum du diese ganzen Geschichten erzählst, obwohl kein G'tt je etwas für dich oder sonst jemanden anderen getan hat. Ihr kapiert wirklich überhaupt nichts, ihr Reaktionäre. Und eure kleine, vom Aussterben bedrohte bürgerliche Welt ... Ja, lach du nur, Onkel.«

Ich denke gerne an Tanias Einwürfe, auf die zu antworten ihre Eltern nicht mal mehr die Kraft haben. Vielleicht wegen meiner Verantwortung für ihr frühes Engagement. Ohne Michelle oder Patrick davon zu erzählen, hatte ich meine Enkelin zwei Jahre zuvor zu einem Schweigemarsch mitgenommen. Während Sarah ihre Einkäufe im Supermarkt erledigte, hatte ich ein riesiges Transparent vorbereitet, gegen die Barbaren, die einen jungen Juden entführt und ermordet hatten. Keine Anspielung auf die Nazizeit – obwohl es mich in den Fingern juckte –, stattdessen ein schlichter Satz der Trauer um diesen Jungen, den man *beschuldigte*, ein Jude zu sein. Tania hatte die wenigen Wörter auf dem Stoff mit einem Schmuckrahmen umgeben und kleine Herzen über dem i im Vor- und Nachnamen des Opfers gemalt.

Wir hatten Seite an Seite in der Menge gestanden und gemeinsam die Anspannung, das Knistern einer für Tania noch unbestimmten Forderung empfunden. Zum ersten Mal hatte sie die Wärme und die Macht der Masse gewittert, hatte, von lauter Erwachsenen umringt, langsam Vertrauen gefasst. Tania wusste kaum etwas von den Rechten und Linken, geschweige denn von ihren jeweiligen Extremen, aber noch vor der Liebe hatte sie die lebendige Kraft des Engagements entdeckt. Meine Enkelin wollte dem ihr Leben verschreiben, hatte sie mir gesagt. An jenem Tag der kollektiven Trauer hatte Tania gespürt, wie viel Spaß Politik machen konnte.

Samuel hatte die Frage seiner Schwester genutzt, um diskret sein Telefon herauszuholen, aber Michelles ebenso wachsamer wie mürrischer Blick war sofort in seine Richtung gewandert. »He! Gib das Ding sofort her! Heute ist Seder, und du hast nichts Besseres zu tun, als Nachrichten zu verschicken? Sobald deine Schwester den Mund aufmacht, glaubt man, Che Guevara zu hören, aber wenigstens ist sie interessiert. Du könntest immerhin so tun.« Ich setzte zu einer Antwort an: »Meine kleine Tania, G'tt war nicht immer da, du hast recht. Ich habe sehr lange gebraucht, bevor ich wieder mit Ihm sprechen konnte, bis zu Denise' Geburt. Zum Glück gab es Gerechte und Widerstandskämpfer. Manche Juden verdanken ihr Leben sogar der willkürlichen Entscheidung eines Nazis, der aus Eigeninteresse, schlechtem Gewissen oder vielleicht aus Sadismus sein Opfer entkommen ließ. Es gibt Dutzende solcher Geschichten und noch Jahre später viel Unverständnis. In meinem Fall war es eine Hand. Sie hat mich aus dem Lastwagen gestoßen, als wir auf dem Weg zu der Lichtung waren, wo wir jeden Tag bis zur Erschöpfung graben mussten. Nur eine Hand ...«

Ich hatte noch nie so viel erzählt, auch Sarah kannte diese Geschichte nicht. Es entstand ein ausgedehntes Schweigen, das mich zum Weitererzählen animieren sollte, aber ich nutzte es lieber, um meine neuen Witze zu testen. »Wisst ihr, was in Sobibor am Eingang der Gaskammern stand? ›Achtung Stufe‹« Ich lachte und lachte. »Und wisst ihr, warum am Eingang zu den Duschen in Treblinka zwei Türen waren?« »Opa ...« »Los, ich helf euch auf die Sprünge, die eine war blau und die andere rot. Verstehst du, Leyla? *Blau und rot, warum?*« Magenrollen. Alle Blicke richteten sich auf Patrick. Doch die Pointe durfte unmöglich verpasst werden: »Butan- oder Propanflasche, ihr habt die Wahl!«

Ich erstickte vor Lachen und prustete in Leylas Richtung, die sich verstohlen die Wange abwischte. Sarah legte ihre Hand auf meine und tötete mich mit einem Wimpernschlag. Sie waren mein Triumph, seit Wochen hatte ich sie vorbereitet, beim nächsten Shoah-Café würden sie einschlagen wie eine Bombe. Michelle und Denise sind natürlich wie ihre Mutter unfähig, meinen Humor angemessen zu würdigen. Von Patrick ganz zu schweigen, der seine ganze Selbstachtung zusammennehmen musste, um nicht auf den Thron zu flüchten. Zum Glück war mein anderer Schwiegersohn der Situation gewachsen, es war herrlich zu sehen, wie seine Oberlippe zu zittern begann. Und wie sein kleiner gestutzter Schnurrbart dem Rhythmus seines wackelnden Wanstes folgte.

Denise raffte sich auf, mit übertrieben honigsüßer Stimme alle zu beruhigen: »Vielleicht ist das nicht der richtige Abend, um über die Existenz G'ttes zu streiten, Liebes.« Sie hatte die Weinflasche herangezogen und schenkte sich ständig nach, was ihr Sprechtempo noch weiter reduzierte. Auch Patrick riss sich zusammen und streichelte seiner Frau, weil er spürte, dass sie gleich explodieren würde, sanft über den Rücken, um den Schaden bis zum Essen möglichst gering zu halten. Gleich würde er sich mit Sarah in die Küche zurückziehen können, um den Speisen, die sie anrichtete, den letzten Schliff zu geben. Dort, wo er manchmal mit seiner Schwiegermutter allein sein konnte, teilten sie ihre kleinen Geheimnisse, Tipps für die Zubereitung des Fleischs, aber auch Ratschläge, um den Rest der Familie in Schach zu halten. Sarah hatte eine sehr treffende Sicht auf die unterschiedlichen Persönlichkeiten, sie konnte jede Reaktion vorhersagen, von den zurückhaltenderen bis zu den cholerischsten.

Sie besprachen vor allem ihre Erfahrungen mit Michelle, die Ursachen für ihre Ausfälle, und die Schlachtpläne, um sie in ruhigere Bahnen zu lenken. Stets erkundigte sich Sarah: Hatte Michelle gut geschlafen? Wann war sie von der Arbeit zurückgekommen? Wie viele Outfits hatte sie anprobiert? Und hatten die Kinder sie schon an den Rand ihrer Kräfte gebracht? Bewusst kultivierte Patrick diese zweisamen Momente mit Sarah. Mein Schwiegersohn wusste mittlerweile, dass sie eine Atempause brauchte, bevor sie sich an den Tisch setzte, an dem bereits eine aufgeladene Stimmung herrschte.

An unserem Hochzeitsabend hätte meine Tante fast das Essen gesprengt. Sie hatte ihren Hauptgang zurückgehen lassen und den Koch gebeten, sich für den auf dem blassen Teller gut sichtbaren Mangel an Hygiene zu entschuldigen. Ein Körperhaar. Sie insistierte und gestikulierte, jeder sollte mitbekommen, dass sie mit einem Verantwortlichen reden wollte. Sarah zitterte bei dem Gedanken, dass sie das Fest verderben könnte. Dann erschien Monsieur David und fragte höchst selbstbewusst, was er für sie tun könne. Sie erklärte ihm die Situation, doch er fühlte sich nicht weiter verantwortlich und flirtete mit meiner schon lange verwitweten Tante. Er klaubte das Haar vom Teller, schluckte es herunter und verkündete laut und deutlich, dass sein Personal – natürlich – vor seinen Augen dusche, bevor es sich die Schürze vorbinde, und er – natürlich – für jedes einzelne Haar, jedes abgestorbene Hautfitzelchen, das möglicherweise auf einem Teller zu finden wäre, bürgen könne. Dann nahm er meine Tante bei der Hand, zwinkerte mir zu und zog sie Richtung Küche. Als sie zurückkamen, wirkten sie verändert, was vielleicht einem Gläschen Alkohol oder ein paar schmachtenden Liebesworten geschuldet war. Unter den versteinerten Blicken meiner Vettern und Cousinen zog der Koch meine Tante nun auf die Tanzfläche, rasch gefolgt von Salomon, der sich dem infernalischen Reigen anschloss. Er lachte laut, hüpfte und schrie. Fast wäre das Trio ausgerutscht und auf die Tanzfläche gestürzt.

Sarah ging ihnen nach, noch schöner als in dem Moment, da sie die Stufen zum Altar hinaufgestiegen war. Dieser Monsieur David war wirklich perfekt, wir konnten weiterfeiern, im Rhythmus der chassidischen Gesänge weiter und weiter im Kreis umherwirbeln, und als wir plötzlich einander gegenüberstanden, um uns vor einem nächsten wilden Tanz herausfordernd anzuschauen, formten sich Sarahs Lippen zu einem stillen »Danke«. Bezog es sich auf dieses wunderschöne Fest oder schon vorausschauend auf unser gemeinsames Leben? Ich wagte nie, sie nach dem Sinn dieses flüchtigen Wortes zu fragen, und ich denke noch heute daran. Wusste sie, dass ich sie eines Tages bestatten würde?

Nach Samuels Geburt beschloss Michelle, nur in Teilzeit wieder zu arbeiten und sich ein paar ungestörte Stunden mit ihren Kindern zu gönnen. Dabei hatten Sarah und ich ungeduldig auf unseren Ruhestand gewartet, darauf, endlich die Kleinen von der Krippe und später von der Schule abzuholen, um den späten Nachmittag mit Tania und ihrem kleinen Bruder zu genießen. Doch gegen den Willen einer Mutter ist nicht anzukommen, vor allem wenn sie Michelles Charakter hat. Also bauten wir eine zwar intensive, aber nur sporadische Beziehung auf, ohne die tägliche Routine einer Familie. Es waren nicht unsere eigenen Kinder, was wir uns allerdings noch nicht eingestanden.

Nach Samuels Geburt verstärkte sich Michelles Reizbarkeit, nach und nach gewann ihre Ungeduld die Oberhand über ihre ruhigen Phasen. Schon von frühester Kindheit an hatte sie die Angewohnheit, heftig auf die kleinste emotionale oder materielle Enttäuschung zu reagieren, aber mit der Geburt ihres zweiten Kindes wurde es immer schlimmer. Als Sarah ihr auf der Entbindungsstation anvertraut hatte, dass sie sich immer einen Sohn gewünscht habe und dieser wunderbare Tag nun gekommen sei, war Michelle vor Wut explodiert. »Er ist nicht dein Sohn, verstehst du das, Mama? Und wir, Denise und ich? Sind wir nur Kinder zweiter Klasse?« Daran hatte Sarah schwer zu schlucken, niemand konnte sie im Verdacht haben, ihre Töchter nicht zu lieben, im Gegenteil. Meine Frau ging mit gesenktem Kopf aus dem Zimmer, Patrick begleitete sie. Als er zurückkam, hatte er plötzlich das merkwürdige Gefühl, dass die Welt um ihn herum rauschte. Sein mangelndes Hörvermögen ging Michelle schon bald auf die Nerven, und sie nötigte ihm ein Hörgerät auf.

Der Zorn meiner Jüngsten schwankte im Laufe ihres Lebens. Er war im Umgang mit Denise aufgekeimt und beruhigte sich später, als ihre Leben unterschiedliche Wege nahmen, vor allem nachdem sie mit Patrick zusammengezogen war. Dann kam Tanias heitere Geburt und schließlich die von Samuel, die eine tiefe, unbeugsame Wut nach sich zog.

Denise würde mit Pinhas keine Kinder haben, das sagte sie freiheraus, aber sie liebte Tania und Samuel wie ihre eigenen. Denise war ein trauriges Kind gewesen, ein stiller Teenager und eine unscheinbare Frau, bis zu ihrer Begegnung mit Pinhas. Michelle konnte sich über sie lustig machen, über ihren Mann mit seiner befremdlichen Art, aber es war ungerecht, ihr die Liebe zu ihren Neffen und Nichten vorzuwerfen ... Nach Samuels Geburt gab sich Michelle mit ihrer Schwester überhaupt keine Mühe mehr und hielt sie im Gegenteil immer mehr auf Distanz zu ihrem Leben und ihrer Familie. Seitdem hatte Denise bei den Familienessen zu trinken begonnen, weil sie ihre Schwester nicht mehr sehen konnte, ohne ihren Stress im Alkohol zu ertränken. Diese Situation bekümmerte Sarah zutiefst, sie hasste es, Denise vor Michelle zittern zu sehen, und sie hasste es, sich die Heftigkeit ihrer gegenseitigen Gefühle auszumalen. Wie wird dieser Sederabend werden, an dem im Grunde keine meiner Töchter dabei sein möchte? Ich weiß es nicht, und ich habe Angst. Ich habe Angst, mich von dieser Welt zu verabschieden und zwei bald vereinsamte Schwestern zurückzulassen.

Bei der Aufzählung der zehn Plagen, der entscheidenden Passage vor dem Auszug aus Ägypten, verlangte meine Frau die Aufmerksamkeit aller Anwesenden. Die Kinder jubilieren, ganz wie Sarah, wenn die Finger ins Weinglas getunkt werden und man bei der Lektüre der den Ägyptern auferlegten Qualen einen *Blut*stropfen versprengt. Früher Michelle und Denise, jetzt Tania und Samuel. Ihr Onkel Pinhas, noch nicht ganz erwachsen, erinnert übrigens gern daran, dass einer seiner angeblichen Freunde genau an seinem achtzehnten Geburtstag von ähnlichen Verwünschungen ereilt worden sei. »Ich schwöre euch, er hat neun Plagen überlebt. Zum Glück hatte er keine Kinder, aber sein Garten ist völlig verwüstet worden. Das Brunnenwasser wurde zu Blut, überall waren Tiere, seine Haut brannte, und ein Unwetter jagte das nächste. Hagel, dann tiefschwarze Nacht. Ganz ehrlich! Das volle Programm, und er glaubt, dass es eine göttliche Strafe war, weil er am Tag vor Kippur Austern gegessen hat.« »Ich bin aber nicht bestraft worden, nachdem ich beim Anschauen von *Shoah* ein Schinkenbaguette gegessen habe«, antwortete ich letztes Jahr unter Sarahs bohrendem Blick. Dann die Aufzählung der zehn Plagen, die in rascher Folge über unsere versklavten Vorfahren hereingebrochen waren, bis sie endlich aus Ägypten ausziehen konnten:

Blut
Frösche
Stechmücken
Stechfliegen
Viehpest
Schwarze Blattern
Hagel
Heuschrecken
Finsternis
Tod aller Erstgeborenen

Die Weintropfen verfließen und bilden tödliche Schlieren auf unseren Tellern. An diesem Aprilmorgen allein am Tisch, murmele ich die Worte, die wir heute Abend singen werden, die Klagen und Dankgebete, die in meinem Kopf verschwimmen. Vielleicht wäre das für uns genug gewesen, wiederholt man am Pessachabend ständig. Ich höre die Stimmen der hungrigen Kinder zu später Stunde, das wäre für uns genug gewesen; und die von Patrick, der scheel das sorgsam auf meinen Teller gezeichnete Hakenkreuz beäugt, das wäre für uns genug gewesen; das wäre für uns genug gewesen, grummelt Michelle, die das Gekicher ihres Schwagers auf die Palme bringt; das wäre für uns genug gewesen, formen meine Lippen, während das Licht ins Esszimmer flutet.

Es folgt der Auszug der Hebräer, bei dem die Natur verrücktspielte. »Das Meer sah sie und floh, der Jordan kehrte um, die Berge hüpften wie Widder, die Hügel wie Lämmer.« Sarah las diese Passage lieber auf Französisch. Sie ließ sich jedes einzelne Bild auf der Zunge zergehen und beobachtete dabei ihre Enkel, sie spielte die Metaphern nach, und sie lachten. Also begann sie aufs Neue, trotz der Ungeduld der Erwachsenen, sie begann aufs Neue, trotz des Hungers. Heute Abend wird es niemand wagen, ihren Platz einzunehmen und diese Stelle bis zur Erschöpfung zu wiederholen, aber wir werden das ferne Echo von Sarahs süßer Stimme hören. Vom fliehenden Meer. Wir werden das Echo des kehrtmachenden Jordans hören, der wie Widder hüpfenden Berge, und das der Hügel, die sich für Lämmer halten. Und das Echo der Abwesenheit, so vernehmlich und so dumpf, dass meine Hände zittern werden, wenn es den nachgefüllten Becher, den zweiten Kelch Wein zu heben gilt.

Ich betrachte meine zittrigen Finger. Die Haut ist rau, meine Nägel sind schmutzig. Seit der Beerdigung spüre ich, wie die feuchte Erde meinen Fingern zusetzt, ich hatte die Schaufel, die man mir hinhielt, verschmäht, meine Frau sollte spüren, wie meine Hände sie zudeckten. Schwarze Erde, die ich mit vollen Händen verteilte. Keiner hielt mich auf, ich arbeitete im Takt, als Komponist des Vergrabens. Ich machte immer weiter, das Loch sollte sich niemals füllen, die Musik ewig währen. Die Kälte kroch unter dem zerrissenen Hemd in meinen Oberkörper. Mein schönstes Hemd, das Sarah stets bewusst oben auf den Stapel legte. Die Erinnerung an die feuchte Erde, die meine Finger bearbeitet haben, verursacht mir immer noch Übelkeit.

Dann kam die Schiv'a, die sieben Tage nach der Beerdigung. Die totale Trauer, zu Hause eingeschlossen, auf dem Boden sitzend. Die Prozession der Angehörigen, die Beileidsbekundungen, Gebete, Tränen. Und dann die Tage, die folgten, der erste Monat, ein Monat ohne Rasieren, ohne Musikhören. Die Ohnmacht des Schmerzes, bevor wieder Leben werden konnte. Ich erinnere mich an das erste zaghafte Durchatmen am siebten Tag und daran, dass ich am Ende des Monats allmählich wieder Luft bekam. Elf Monde später werde ich das Jahrzeit-Licht anzünden, wie dann jedes Jahr am Tag deines Todes, Sarah. Die fortschreitende Entwöhnung bis zum alljährlichen Gedenktag, wie das Erinnern an die Sklaverei und den Auszug aus Ägypten. Alljährlich wie das Pessachfest – nun ohne dich –, das mit dem Gebet zum Gedenken der Toten enden wird, auf dass ihre Seele in Frieden ruht. Der Jiskor, den ich am letzten Ostertag rezitieren werde.

Werde ich ewig trauern? Erstickt zwischen der Vergangenheit und dem Leben. Wie soll ich diese Wüste ohne dich durchqueren?

Ich gehe ins Badezimmer, um mir die Hände zu waschen. Im Spiegel betrachte ich betrübt mein gealtertes Gesicht. Weise vor lauter Falten, die ich mit reichlich Wasser besprenge. Dann übergieße ich sorgfältig jeden einzelnen Finger und murmele automatisch das Gebet der Waschung. Wie es geschrieben steht. Wie vor jeder Mahlzeit. Am Sederabend nutzen die Kinder diesen obligatorischen Teil, um sich den Afikoman zu schnappen und ihn hinter meinem Rücken in der Wohnung zu verstecken. Von den drei übereinandergelegten ungesäuerten Broten oben auf dem Sederteller werde ich das mittlere brechen und das größte Stück beiseiteschaffen, den Afikoman, den wir zum Schluss der Mahlzeit verspeisen werden. So wie früher mein Vater. Eines der wenigen Bilder, die mir von ihm geblieben sind: seine wunderschönen Hände, die das Stück Matze unter der Tischdecke verbergen, bis er ins Bad geht und ich es heimlich nehme. Das Familienoberhaupt braucht den Afikoman, um den Sederabend zu beschließen, und die Tradition besagte, dass ich ihn versteckte, während er ihn wieder aufspüren musste ... oder gegen ein Geschenk auslösen.

Mit den Jahren sind meine Enkel zu Spezialisten geworden, sie agieren rasch und präzise. Doch während ich mir die Hände wasche, macht sich für gewöhnlich tiefe Langeweile am Tisch breit, wie Sarah mir berichtete. Ich wage mir gar nicht das diesjährige Unbehagen vorzustellen, wenn unsere Töchter plötzlich ohne die Kinder und ohne mich im Esszimmer sitzen. Ohne Sarah. Der stille Raum. Sie haben sich seit Jahren nichts mehr zu sagen. Patrick und Pinhas sind ja die Einzigen, die so etwas wie eine Beziehung aufrechterhalten. Sie telefonieren manchmal, sehen sich sogar ohne ihre Frauen, damit Tania und Samuel etwas von ihrem geliebten Onkel haben, der immer seine besten, buntesten und verrücktesten Geschichten für sie parat hält.

Aber wenn die beiden Schwestern da ohne mich sitzen, und jetzt auch noch ohne ihre Mutter, gerät alles ins Stocken. Pinhas' kreativer Geist verkrampft sich, die Bilder wollen keine Gestalt annehmen, und seine absurden Verknüpfungen funktionieren nicht mehr, wegen Michelle, die er hasst, weil sie mit einem einzigen Aufschrei seine Welt und seine Frau zu zerstören vermag. Die ohnehin zurückhaltende Denise versinkt ihrerseits noch tiefer in Schweigen. Mit gesenktem Kopf und hängenden Schultern, ihr ganzer Körper erloschen, um ja keine Aufmerksamkeit zu erregen. Wenn sie könnte, würde sie, sobald sie sich mit ihrer Schwester in einem Raum befindet, ohne die fantastische Welt ihres Mannes auf der Stelle verschwinden. Also schenkt sie sich wieder nach.

Trotz seiner Schrullen habe ich Pinhas wirklich gern. Denise lernte ihn bei einem Tanzabend kennen, die Art von Ort, wo sich zwischen labbrigen Chips Verzweiflung und Vulgarität gegenseitig den Rang ablaufen. Der Saal war mit ein paar Werbeluftballons geschmückt. Die Lichter waren noch grell, die Lautsprecher noch stumm. Denise hatte dem mütterlichen Drängen nachgegeben und war hingegangen, um den Mann fürs Leben zu finden, obwohl ihr Dasein als alleinstehende Dreißigjährige ihr eigentlich rundum behagte. Sie war zu früh, Sarah hatte sie direkt vor der Tür abgesetzt.

Pinhas wiederum war mit der Gewissheit auf den Ball gegangen, eine kleine Aschkenasin aufzutreiben, und vertraute auf seine Wortgewandtheit, »um eine verklemmte Jecke zu verführen«, wie er meinte betonen zu müssen, als wir uns kennenlernten. Er hatte seine Lieblingsgeschichten, konnte aber je nach Situation und Gesprächspartner improvisieren, denn er hatte ein Gespür für unterschiedliche Charaktere und wusste sich geschickt anzupassen. Als er Denise vereinsamt inmitten der leeren Stühle sah, kam er selbstbewusst näher. Bei ihr angelangt, ging er in die Hocke und fragte sie ohne weitere Vorreden, ob sie schon einmal einem Dromedardompteur begegnet sei. Natürlich nicht. Warum sie also nicht mit in seinen Garten komme, damit er ihr seine Haustiere zeigen könne? Drei Dromedare, aber auch Affen, Elefanten und eine Giraffe. Er würde ihr seine Lieblingsvorführung präsentieren: das afrikanische Kammerorchester.

Ohne ihm wirklich zu glauben, aber fasziniert von dem schrägen Vogel, ging Denise auf das Angebot ein und verließ den Saal am Arm des sonderbaren Sepharden. Sie bekam zwar keine Tiere zu Gesicht, erfuhr unterwegs aber einen winzigen Bruchteil von Pinhas' anderen angeblichen Berufen. Als sie am nächsten Tag zu uns zum Mittagessen kam, verkündete sie, dass ihr ein Heiratsantrag gemacht worden sei. »Willst du den Rest deines Lebens mit mir verbringen?«, waren die ersten ehrlichen Worte gewesen, die sie aus Pinhas' Mund gehört hatte. Überwältigt von der bunten Welt ihres zukünftigen Ehemanns, hatte sie den Antrag angenommen, und jetzt lächelte sie, ein Lächeln, das wir nicht von ihr kannten.

Seit Sarahs Tod hat sich Denise in eine triste Stummheit vergraben, die mich an die melancholische Puppe erinnert, die sie früher einmal gewesen ist. Kein Wort, keine Antwort, wenn wir Freunde nach Hause einladen wollten. Als wir an Sarahs Bett saßen und die Geräte ihre letzten mechanischen Töne von sich gaben, bat ich sie, ihre Schwester anzurufen. Sie tippte die Nummer in ihr Telefon und hielt es sich ans Ohr, doch ihre Lippen blieben vom Tod verschlossen. Der Anruf dauerte endlose Sekunden, bevor Denise das Telefon wegsteckte und mich ansah. Genau so, wie sie mich als Kind angeschaut hatte. Auf der stummen Suche nach Antworten.

Sie werden heute Abend allein sein, ohne Sarah, wenn ich mit noch feuchten Händen wieder hereinkomme. Allein vor dem Sederteller. Allein, erdrückt von dem Schweigen, das die beiden aufgeregten Teenager bald verscheuchen werden. Ich werde die Matze, diesen porösen Trockenfladen, nehmen und segnen. Ich kann spüren, wie meine Zunge das Osterbrot betastet, ich höre meine Frau bei jedem Bissen lachen, wie sie bis zuletzt gelacht hatte, bevor sie auf dem Krankenhausbett den letzten Atemzug tat. Wir hatten gemeinsam gekichert, Hand in Hand; weinend. Dann hatte die Krankenschwester unsere Finger gelöst.

Mit zitternden Armen werde ich allen Tischgästen ein Stückchen ungesäuertes Brot reichen und dabei Angst haben, mich zu vertun; nur nicht an Sarah denken. In unserer Familie essen wir nacheinander eine Scheibe Meerrettich und ein in den sämigen, süßen Brei des Charosset getunktes Blatt Lattich. Rasch verwandeln sich die Grimassen in genießerische Mienen. Das bittere Leben der Hebräer vermischt sich mit dem Mörtel, bevor das berühmte Sandwich an der Reihe ist: ein in ein Salatblatt gewickeltes und vor Charosset triefendes Stückchen Matze.

Der Zement, werde ich erklären, die Ziegelsteine, die Fron. Bis zu meinem letzten Tag diese symbolträchtigen Speisen weitergeben. All diese Zungen die Geschichte der Hebräer nachempfinden lassen, bis an mein Lebensende.

»Der Geschmack von Ziegelsteinen, das erinnert mich an diesen Palast, den ich für den König von Marokko gebaut habe ... Hat dir Tania etwa nicht davon erzählt?«, wandte sich Pinhas im vergangenen Jahr an Leyla. »Das Wort ›Palast‹ verstehst du doch, oder? Ein Anwesen reicher Leute, ein bisschen wie in *Tausendundeine Nacht*«, fühlte ich mich verpflichtet hinzuzusetzen und unterdrückte eine Anspielung auf *Nacht und Nebel*. Pinhas fuhr fort und beschrieb die kostbaren Materialien, die extravaganten Grundrisse und die Künstler, denen er damals begegnet war. »Als der Bau fast fertig ist, hat der König eine letzte Bitte: eine in den angrenzenden See versenkte Bibliothek. Alle marokkanischen Arbeiter haben Angst bei der Vorstellung, unter Wasser zu arbeiten, aber in der Mittagspause kommt mir plötzlich eine Idee ... Es ist Pessachzeit und wie üblich bereite ich jeden Morgen einen Brei zu. Ich tränke kiloweise ungesäuertes Brot mit Lammbouillon, um den ganzen Tag auf der Baustelle durchzuhalten, der Fladen saugt die Flüssigkeit auf und bildet einen sämigen, würzigen Teig. Also beschließe ich, am nächsten Tag dreißigtausend Matze-Schachteln mitzubringen, die ich in den See kippe. In nicht einmal zehn Minuten ist er trockengelegt. Alle packen mit an, die Arbeiten dauern Wochen. Anschließend bewässern wir den See wieder mithilfe einer riesigen Presse, mit der wir das aufgeweichte Brot auspressen, sodass sich das Becken wieder füllt. Seither bieten die großen Glasfronten der königlichen Bibliothek einen herrlichen Ausblick, man kann sogar Hunderte von Goldfischen beobachten, die sich von ungesäuerten Brotkrumen ernähren.«

Tanias, Leylas und Samuels Augen hatten zu glänzen begonnen. Auch wenn sie die Geschichte nicht in allen Einzelheiten glaubten, sahen sie Pinhas bewundernd, vielleicht sogar ein bisschen neidisch an. Ob sie die gleiche Idee gehabt hätten? Patrick füllte die Teller mit Matzeknödeln und Fleischbrühe, und alle verschlangen die traditionellen Klößchen, ohne zu merken, wie Samuel alle Matzestücke aus dem Korb nahm. Er zerdrückte und verknetete sie, bevor er sie mit den Fingerspitzen verkrümelte, um die ganze Suppe aufzusaugen, genau wie sein Onkel in Marokko. Michelle hob den Kopf von ihrem Teller. »Mann, Samuel!« Sie schluckte ihre Knödel herunter, ohne zu kauen. »Kannst du nicht anständig essen?« Von ihrem Geschrei überrascht, kippte Patrick seine halbe Brühe über Denise, die keinen Ton zu sagen wagte. Ihre Augen wurden feucht, sie biss die Zähne zusammen. Ihr Schwager überschüttete sie mit Entschuldigungen und reichte ihr seine Serviette, damit sie ihren Rock trocken tupfen konnte. Trotz Sarahs tröstender Worte brach sie in Tränen aus.

»Ach, da flennt sie schon wieder. Du hast dich kein bisschen verändert, immer noch wie ein Baby. Und du bleibst auch noch ruhig dabei, Pinhas?« Kein Erwachsener bot Michelle die Stirn, nicht einmal ich. Tania nahm es in die Hand. »Warum bist du so gemein zu deiner Schwester?

Warum ausgerechnet heute Abend? Oma ist müde, siehst du das nicht? Und du lässt einfach nicht locker.« Sie wickelte sich ihre Kufiya um die linke Faust, stand auf, schlug gegen die weiße Wand und ging energischen Schrittes aus dem Zimmer.

Die am Tisch Verbliebenen schaufelten die Fleischbrühe in ihre Münder, die Löffel stießen rhythmisch an die Teller. Klappern, Schlürfen, Schlucken. Klappern, Schlürfen, Schlucken. Kurz Luft geholt, und weiter ging's. Klappern, Schlürfen, Schlucken. Klappern, Schlürfen, Schlucken. Michelle und Denise schämten sich wohl für Sarah und mich. Und Samuel schämte sich für seine Mutter und seinen Vater. Kinder ertragen die plumpen Körper ihrer Eltern nicht. Entsprechend beeilen sie sich, ihren Teller zu leeren und den der anderen zu beäugen, um endlich den Tisch abräumen zu können: mit einer plötzlichen Bewegung die Teller stapeln und hinausgehen, die vollen Hände als einzige Entschuldigung.

Samuel und Leyla waren am schnellsten, schnappten sich das schmutzige Geschirr und gingen in die Küche. Michelle und ich kamen hinterher, gefolgt von Patrick. Michelle war sich bewusst, zu weit gegangen zu sein, aber entschuldigen würde sie sich nicht. Doch wir kannten sie gut, Patrick und ich, wir wussten, dass ihr Schweigen bereits ein Zeichen der Reue war. Schließlich bat Michelle ihren Sohn, Tania zu holen, während sie zusammen mit Leyla den Fisch zubereiten wollte. Sie legte den Lachs auf die metallene Servierplatte, ordnete die Zitronenscheiben an, zeigte der Austauschschülerin die Schälchen für die Mayonnaise und schaute mich betreten an. Ich sagte nichts. Leyla und Patrick gingen mit den Schüsseln hinaus und ließen uns allein in der Küche zurück. Michelle blickte auf die menschenleere Straße, die Augen vor lauter schlechtem Gewissen ganz ausdruckslos. »Wie geht es Mama?« Auf diese Frage war ich nicht gefasst, und ich versuchte, sie in Belanglosigkeiten zu ertränken. »Papa, ich frage dich, wie es Mama geht. Sie scheint nicht in Form, das ist allen aufgefallen.«

Wenigstens eins hatten Sarah und Michelle gemeinsam: Beide konnten mit emotional aufgeladenen Situationen nicht umgehen. Meine Frau flüchtete für gewöhnlich Richtung Küche. Meine Jüngste hat ihr Schreien, um die Gefühle auf Distanz zu halten. Wahrscheinlich ist es ihnen deshalb nie gelungen, so vertraut miteinander zu sprechen, wie es eine Tochter von ihrer Mutter erwarten darf. Michelle hat sich ihr soziales und emotionales Umfeld ohne mütterliche Hilfe aufgebaut, im Übrigen auch ohne väterliche. Meine Augen wanderten zwischen der dunklen Straße und unseren in der Scheibe gespiegelten Gesichtern hin und her. Aufmerksam beobachtete ich meine Haut, dieselbe Haut, die mich jetzt gerade aus dem Spiegel anschaut. Meine Haut, die seit Sarahs Tod an den ungünstigsten Stellen schlaff wird. Als hätte der Anblick ihres Körpers meine Zellen in Trauer gestürzt, als hätte die Berührung mit dem Krebs den Abbau beschleunigt.

»Sie wird sterben«, formten meine Lippen lautlos. Michelles Finger zogen auf der Fensterscheibe erst die Konturen meiner Wangenknochen, dann die meines Mundes nach. Ihre Augen wurden feucht. Mir kamen die Tränen, wieder trübte sich meine Sicht und unsere Gesichtszüge verschwammen mit der Stadtlandschaft. Ich erinnere mich an den einzigen grauen Baum auf der Straße, seine ersten Blätter waren schwarz.

Michelle ist außerstande, ihre Gefühle zu teilen, selbst die schönsten. Auch ich habe die Sätze, die ein Kind gleichermaßen fürchtet wie herbeisehnt, nie ausgesprochen: *Du fehlst mir. Du bist mein Ein und Alles. Ich hab dich lieb.* Nie habe ich diese Worte an ihrem Ohr artikulieren können, habe weder das Glück noch den Stolz oder das Vermissen zum Ausdruck gebracht. Als hätten meine Wörter eine Generation übersprungen, zwischen Sarah und meinen Enkeln. Nichts für meine eigenen Töchter.

Nun auch noch die unmöglich zu teilende Trauer, ohne die kleinste Geste der Zuneigung für meine lebenden Töchter, nicht einmal bei der Beerdigung. Jeder bleibt in dem Gefühl gefangen, das er nicht auszudrücken vermag, sie gegenüber ihrem Vater, ich gegenüber meinen Töchtern. Denise und Michelle wissen bestimmt, dass ich gerne mit ihnen weinen würde. Doch da ist dieses Schamgefühl, das uns daran hindert, wie eine Rinde, die mit der Zeit zu einem Panzer wird. So beobachten wir uns, schauen uns scheu an und wissen um die Reue, die am anderen genauso nagt wie an einem selbst. Und wir verübeln es uns nicht, so ist es eben. Der jüdisch-elsässische Fluch. Wir bringen Kinder zur Welt und lieben sie so sehr, dass wir uns vor

Küssen und Zärtlichkeiten fürchten; vermutlich aus Angst, sie zu erdrücken.

Endlich saßen wir wieder am Tisch; Tania kam zurück, in ihre Kufiya gewickelt. Schweigend begannen wir, den Fisch zu servieren, das ungesäuerte Brot zu verteilen, die Gläser zu füllen. Tania blieb stumm, sie wirkte in Gedanken verloren. Sie rührte den Lachs kaum an, spielte lieber mit der Zitrone, presste sie aus und kratzte mit dem Fingernagel an der Schale. Ich kenne meine Enkelin, sie war verletzt worden und brütete über ihren revolutionären Ideen, um ihre Nerven zu beruhigen. Auch Samuel sagte nichts, er beschützte seine Schwester, indem er eine neuerliche unnötige Auseinandersetzung mit seiner Mutter vermied.

Samuel hatte mir seine Bewunderung für Tania gestanden. Vor ihr würde er es nie zugeben, aber er war mächtig stolz gewesen, wie beherzt sie sich zu Schuljahresbeginn bei dem Streik am Gymnasium eingesetzt hatte. Sie argumentierte mit einer Gewandtheit, die ihm abging, verteilte Aufkleber und Schilder. Mit Leib und Seele verkörperte sie dieses Anliegen, das er nicht verstand. Er fragte mich aus, ich ließ ihm seine Träumereien, ohne ihn vor den Kopf zu stoßen. Wie gerne hätte auch er eine politische Vision gehabt.

»Onkel Pinhas, warum wollen die Araber Israel zerstören?« Es war die schlimmste Frage, die er stellen konnte: Bei Tisch von Israel zu sprechen, gilt bei uns als Todsünde, niemand ist einer Meinung, das Thema geht mit der Geschwindigkeit einer Rakete hoch. Die gesamte Knesset war im Esszimmer vertreten: sämtliche politische Schattierungen von links bis rechts um den Sederteller. Unter den Erwachsenen eine Frau, die für den Dialog der Kulturen eintrat (Sarah), ein Spinner, der in seinem Schlafzimmer ein Porträt von Ariel Scharon aufbewahrte (Pinhas), eine Kämpferin gegen das vermeintlich die Palästinenser unterstützende Komplott in Politik und Medien (Denise), eine Anhängerin der Friedensbewegung (Michelle) und ein Mitglied des Vereins für die Freundschaft zwischen Elsässern und Lothringern (Patrick). Ohne dass Letzterer eine klare Meinung zum Nahen Osten, und offensichtlich nicht mal eine Seele gehabt hätte.

Und es gab mich, den Schiedsrichter, der mehr schlecht als recht versuchte, im Falle höherer Gewalt die Krisen zu entschärfen. Nur einmal war in der Familie ein wirklicher Streit über das Thema ausgebrochen: bei Samuels Beschneidung. Pinhas hatte vorgeschlagen, die Vorhaut nach Israel zu schicken und am Ölberg zu bestatten (er hegte die Hoffnung, dass die dort vergrabenen Vorhäute bei der Ankunft des Messias wieder Leben und Bedeutung bekommen würden), was eine ungeheuer heftige Diskussion entfacht hatte. Es ging hin und her, sogar mit Beleidigungen, dann hatte Michelle geschrien, und alle waren umgehend still geworden. Die Vorhaut war im Eifer des Gefechts verschwunden. Ein Verlust, dessen Geheimnis noch immer eifersüchtig gehütet wird, Samuel weiß selbstverständlich von nichts.

Pinhas gab seinem Neffen zu verstehen, dass der Moment ungünstig sei und er besser seinen Eltern helfen solle, die nächsten Gänge aufzutragen. Fleischbouillon mit gekochtem Gemüse, diverse Salate. Und als Beilage immer ungesäuertes Brot. Samuel ging in die Küche, allgemeines Aufatmen. Aber wir hatten die Rechnung ohne Tania gemacht, die direkt ihre Austauschpartnerin anging: »Sag du es ihnen! Diese verhungerten Kinder, was die unter Israels Politik durchmachen!« Leyla warf mir einen verzweifelten Blick zu. »Deine arabischen Brüder leiden, das darfst du ruhig herausschreien!« Patrick versuchte, die Situation zu beschwichtigen: »Beruhige dich, Schatz, die Türken sind ja keine Araber, und Leyla ist in Deutschland geboren.« Die Austauschpartnerin zitterte am ganzen Körper. »Jetzt hören wir aber auf, sie zu quälen, und lassen sie essen, ja? Du isst ja fast gar nichts, Leyla, sollen wir dir etwas anderes machen?«

Die junge Austauschschülerin wusste nicht, was sie auf all diese Fragen antworten sollte, es war ihr offensichtlich unangenehm, in derartige politische Diskussionen verwickelt zu werden. »Auch wenn sie Türkin ist, sind die Palästinenser doch mit ihr verwandt, oder nicht? Es ist bestimmt kein deutscher Blondschopf, der die internationalen Gesetze brechen und den ›Widerstand‹ mit Waffen versorgen wird.« Pinhas deutete die Anführungszeichen an, während er sprach, Denise schien stolz auf ihren Mann zu sein. »Und außerdem hat euch keiner dazu gezwungen, Erdoğan zu wählen, der ist ja noch schlimmer als Arafat. Na ja, zugegeben, er macht mehr her als dieser unrasierte alte Mudschahed. So oder so haben die Palästinenser wirklich keine Manieren, mit ihren Steinen und ihren gefälschten

T-Shirts! Und ihre Schnurrbärte ... Die Jungs, die da mit Kieselsteinen um sich werfen, haben immer diesen ekligen Flaum ... nein ... das sage ich nicht deinetwegen, Leyla ...« Pinhas' Blick blieb während seiner ganzen Tirade auf Leyla geheftet. Die Ärmste versuchte, ihre Behaarung zu verbergen, die sie sichtlich in Verlegenheit brachte, ihr standen Tränen in den Augen. »Ich glaube, das reicht, Pinhas, du gehst wirklich zu weit mit deinem Blödsinn«, fuhr ich dazwischen. »Denise, du isst ja gar nichts?« Sarah schaute ihre Tochter eindringlich an. Die Botschaft war deutlich: *Du solltest dich schämen für deinen Mann, und sag jetzt bitte mal was Nettes über mein Essen!* »Sie isst nicht, sie trinkt ...« Denise warf Michelle einen eisigen Blick zu, knickte ein und fuhr mit ihrer Gabel in den Teller.

Meine Frau versuchte, ihre Würde zu bewahren, und tat so, als äße sie von allem, um die Gäste nicht zu alarmieren. Alle sollten das Abendessen genießen. Aber ich wusste, dass sie eine so schwere Mahlzeit nicht vertrug und wir die Nacht über einer Schüssel verbringen würden, zwischen Stöhnen, dem Geruch von Erbrochenem und Tränen der Ohnmacht.

Später war ein Streit um den zur Neige gehenden Traubensaft entbrannt, der geteilt werden musste. Samuel wollte sich auf die Hälfte einigen, aber Tania sah die Sache anders. Sie verteidigte ihr Anrecht auf zwei Drittel, da ihr zweiter Becher mit Wein statt mit Saft gefüllt gewesen sei. Ihre Mutter war skeptisch gewesen, aber Sarah hatte entschieden, dass ihre Enkelin groß genug sei, um an diesem Abend den Wein wenigstens zu probieren. Michelle behielt die Beherrschung, während Samuel das Argument seiner Schwester überdachte, das er logisch, aber ungerecht fand. Die Tischrunde wartete auf die Auflösung und fürchtete eine erneute Explosion. Doch in dieser Art von Situation weiß Samuel genau, wie er seine Schwester in die Knie zwingen kann. Er riss sich zusammen und erklärte schließlich, der Rest der Flasche stünde Leyla zu. »Wie kannst du nur so egoistisch sein?«, raunte er Tania mit einem feinen Lächeln zu. »Und wenn du das nicht willst, überlasse wenigstens ich meinen Anteil unserem Gast.« Wie erhofft knickte Tania ein. Ich hörte meine Enkelin zwischen den Zähnen zischen, sie würde ihn umbringen. Und Leyla, die Augen noch tränenverschleiert, bemühte sich, mit angehaltenem Atem den überzuckerten Saft zu trinken.

Wieder im Esszimmer, überrasche ich mich dabei, wie ich die Rückenlehne des Stuhls, auf dem Sarah immer saß, massiere. Mit festgekrallten Fingern und kreisenden Daumen walke ich das Kirschholz durch. Gleich, wie aufgelöst Sarah war, meine erfahrenen Hände entspannten sie immer sofort. Die Bewegungen stellen sich instinktiv wieder ein, wenn ich neben ihrem angelehnten, verschwundenen Körper stehe.

Wie soll ich heute Abend bloß das Erbe ansprechen? Es wird für erhebliche Aufregung sorgen, aber ich muss mit den Mädchen darüber reden, bevor mein Herz aufgibt. Ein ungeschicktes Räuspern, vielleicht gegen Ende des Essens. Alle werden ihre Unterhaltungen unterbrechen. »Ich würde gerne etwas mit euch besprechen, was Sarah und mir am Herzen lag. Bisher war nie der richtige Moment, aber jetzt sind wir alle versammelt, mit Töchtern und Enkeln, und ich denke, das ist die Gelegenheit, euch von dem Erbe zu erzählen, das Sarah uns hinterlassen hat. In den Wochen vor ihrem Tod haben Sarah und ich lange überlegt, mit welcher Investition die ganze Familie wohl zufrieden wäre, und gemeinsam haben Sarah und ich beschlossen, das Thema mit euch am Sederabend zu besprechen. Sie wusste, dass ihr nicht mehr viel Zeit blieb, aber sie hat geglaubt, sie würde bis heute Abend durchhalten ...«

Ich male mir aus, wie die Gesichter erlöschen, die Vorwürfe zwischen den Zähnen knirschen. »Warum heute Nacht? Muss das wirklich sein?« Niemand rechnet damit, heute Abend über das Erbe zu sprechen, und der Erklärungsbedarf könnte hoch sein, damit meine Enkel verstehen, was auf dem Spiel steht: Lebensversicherung, Investition. »Opa, wie viel hat Oma uns denn hinterlassen?«, höre ich Samuel schon. Mit gespielter Empörung werden die Erwachsenen gestikulieren, mit den Schultern zucken und die Brauen heben, mich aber unwillkürlich im Blick behalten und ungeduldig die Bekanntgabe der Summe erwarten. »Mehrere Zehntausend Euro.« Die Gesichter werden sich auflösen, die Münder sich verziehen. »Und, ist das viel, zehntausend Euro?« Michelle wird Samuel auffordern zu schweigen, und wir werden beschließen, später am Abend darüber zu sprechen, da es jetzt an der Zeit sei, den Afikoman zu essen, um die Mahlzeit zu beenden.

Bevor ich die Dankgebete spreche, werde ich Anstalten machen, die verschwundene Hälfte des ungesäuerten Brots unter der Tischdecke zu suchen. Überraschtes Gesicht, übertriebene Trübsal. »Keine Matze mehr, wie sollen wir nur diesen Sederabend beschließen?« Danach werde ich mich an meine Enkel wenden, um mich bei ihnen zu erkundigen, wo der Afikoman sein könnte. Und trotz ihres Alters werden sie wie jedes Jahr herzhaft lachen, sie werden die Arme in die Luft werfen und mit mir aufstehen, um die Suche aus nächster Nähe mitzuverfolgen. Ich muss die Krümel aufspüren, die mich zu dem Fladen führen werden, und dabei die von Tania und Samuel gelegten falschen Fährten umgehen.

Ich fange mit unserem Schlafzimmer an. Ich öffne den großen Schrank, wühle in den Schubladen, untersuche Sarahs Kommode und hebe die Matratze an. Ich untersuche die Rückseite des Schreibtisches. Unter dem Blick der wieder Kind gewordenen Jugendlichen gebe ich mir Mühe, suche akribisch. Was soll ich machen, wenn ich den Afikoman finde? Es soll Diskussionen geben, ich muss kapitulieren, damit die Verhandlung beginnen kann. Gründlich vorgehen, aber nichts finden, den Entführern tüchtig einheizen, und anschließend aufgeben. Wie anstrengend, schon allein der Gedanke daran.

Danach sind die beiden anderen Zimmer an der Reihe, das von Denise und das von Michelle. Seit ein paar Jahren haben Tania und Samuel sich deren Zimmer angeeignet und bei ihren Großeltern neben zwei Ersatzbetten auch die entsprechenden Verstecke gefunden, um sich ein zweites Leben fern der mütterlichen Kontrolle einzurichten. Nur Sarah durfte hereinkommen, mit Ausnahme des Sederabends, wenn auch ich auf der Suche nach dem Afikoman in die beiden Heiligtümer eindringen durfte. Erst ist Tanias Höhle dran, wo ich mich zwecks weiterer Nachforschungen einschließe, aber letztes Jahr war Samuel schneller als ich und schob in letzter Minute einen Fuß in die Tür. »Kompliment, aber es wird schwer, uns allen dreien zu entwischen!« Ich drehte mich um und schimpfte: »Verflixte Kapo-Babys!« Tania und Samuel lachten, wahrscheinlich verstanden sie es nicht richtig, Leyla dagegen zuckte zusammen und schluckte laut. Diese Deutschen haben ein echtes Problem mit der Shoah.

Hände klammerten sich an meine Jacke, Hälse reckten sich, um einen Blick auf die absurden Verstecke zu erhaschen, die meine Finger zu erkunden versuchten. Plötzlich packte Tania mein Handgelenk und bat mich aufzuhören. »Nicht diese Schublade, bitte.« Sie errötete. Das reichte, um Samuel neugierig zu machen, der sie in der allgemeinen Verwirrung aufzuziehen versuchte, aber ich stellte mich davor, um zu verhindern, dass der Abend endgültig den Bach runterging und die Privatsphäre der Kleinen verletzt wurde. Durch meinen Kopf ziehen Bilder – Unterwäsche, Kondome, Tagebuch. Tania muss seitdem alles weggeräumt haben.

Ich nutzte das kurze Durcheinander, um mich schnell in dem anderen Zimmer einzuschließen. Tania, Samuel und Leyla standen hinter der verschlossenen Tür, mit gespielter Empörung hämmerten sie aus Leibeskräften dagegen. Der Klinke wurde heftig zugesetzt, aber es half nichts, die Tür würde nicht nachgeben. Verzweifelt pressten die drei Teenager das Ohr an die Tür, um zu horchen, was drinnen vor sich ging, aber ich gab keinen Laut von mir. Tania begann, das *Lied der Partisanen* zu summen.

Über die Pfade der Erinnerung hat mein Körper mich wieder in dieses Zimmer geführt. Rechts Samuels Bett und sein Schreibtisch. Gegenüber das Bücherregal. Ich sinke in den gelben Sessel, bereits erschöpft von der bevorstehenden Sederfeier, dem wohl anstrengendsten

Abend seit Sarahs Tod. Trotzdem werde ich den gut gelaunten Familienvater geben müssen, ich will nicht von der Traurigkeit erschlagen wirken. Ein langsames Schaudern. Die Kälte ergreift von meinen Gliedmaßen Besitz, kriecht aus meinen Fingern langsam in die Hände, dringt dann in Arme, Schultern, Lunge und schließlich bis zum Hals.

Dort vergrub Sarah immer ihre Nasenspitze, wenn sie ins Bett ging. Ihre zu jeder Jahreszeit eiskalte Nase, die sie gern an meinem Oberkörper rieb und dann bis zum Halsansatz, an den sie sich zum Einschlafen schmiegte, hochwandern ließ. In den ersten Nächten ihres Krankenhausaufenthaltes hatte ich kein Auge zugetan. Ohne sie gab es nur die Wirklichkeit, bedrückend, wach. Dann das Ende aller Hoffnung, die letzten Tage bis zum Tod. Sarahs Gelassenheit, als sie mit meinen Fingern spielte, während sie es als Einzige wusste und ich es als Einziger verstand. Noch nie war die Bewegung ihrer Finger so gelöst gewesen, noch nie so entschlossen. Ich war der Einzige, der begriffen hatte, dass sie nicht mehr nach Hause zurückkommen würde. Und so überließ ich mich diesen vom Alter gezeichneten und von der Liebe zerfurchten Händen, wollte um jeden Preis mein Gesicht an Sarahs Nase kühlen. Schweigend. Die ganze Dämmerung über blieben wir stumm, eine nur durch absurde Lachanfälle unterbrochene Stille. Und ich hatte geweint, als die Kälte von Sarahs Nase das ganze Gesicht überzogen hatte, Zelle um Zelle, bis zu ihren großen blauen Augen. Und bevor ich die beiden Himmel mit ihren Lidern bedeckte, hatten meine

Finger ein letztes Mal jede einzelne Falte ihres Gesichts erspürt; um nicht zu vergessen.

Krümel auf dem Regal mit den Kunstbüchern. Ich schlug einen Band auf, dann noch einen, und entdeckte die Matze. Vorsichtig stellte ich das Buch zurück und öffnete die Tür. Die drei Kinder musterten mich, aber ich ließ mir nichts anmerken. »Auch in diesem Zimmer nichts. Was habt ihr bloß mit dem Afikoman gemacht?« Tania und Samuel begannen zu lachen, und auch Leyla fiel mit ein, ohne zu wissen, warum. Doch als ich drei Umschläge aus der Tasche zog, glitzerte in ihren sechs Pupillen ein und derselbe Funke. Tania stürmte ins Zimmer, um das Versteck zu enthüllen und mir das ungesäuerte Brot zurückzugeben. Sie küsste mich auf die Wange, Samuel warf sich mir um den Hals. Dann kehrten alle drei triumphierend ins Esszimmer zurück.

»Guck mal, Mama, Opa hat uns fünfzig Euro geschenkt!« Tania war selig. In der tödlichen Stille hatte Patrick bereits den Tisch abgedeckt, die Rückkehr der Kinder brachte endlich wieder Leben in den Raum. Nun verteilte ich zum Abschluss des Essens den Afikoman, und als er verzehrt war, konnten wir den dritten Becher Wein einschenken und mit den Danksagungen anfangen. Wie am Sabbat, wie an jedem Feiertag, beginnt das Gebet zum Abschluss des Essens mit folgendem Psalm, den die ganze Familie auswendig rezitiert, die Geschichte der Träumer mit den freudig gefüllten Münden und den jubelnden Zungen: »G'tt hat die Verbannten Israels zurückgeführt und uns auf diese Weise Träumenden gleichgemacht. Weinend geht er hinaus und trägt die Tasche mit Samen; zurück kehrt er mit Lobliedern und trägt seine Garben. Die mit Tränen säen, werden mit Lobliedern ernten. Aus diesen beiden Momenten entspringt der Traum, erst eine Träne, dann ein Lachen.«

Das kann doch nicht wahr sein, die haben wohl beschlossen, jede halbe Stunde bei mir zu klingeln! Die wollen mir den ruhigen Vormittag vor dem großen Ansturm verderben. Dieses Mal werde ich sie nicht entwischen lassen. »Ich komme schon ...«

Niemand auf dem Treppenabsatz. Dieses Spielchen geht mir langsam auf die Nerven, ich habe keine Lust, mich während der Seder-Vorbereitungen mit solchen Witzbolden abzugeben. »Antisemiten!« Bestimmt wissen sie, dass heute Abend Pessach beginnt. »Na, habt ihr nichts Besseres zu tun? Los, kommt, wenn ihr den Mumm dazu habt! Ich habe die Lager überlebt, da lasse ich mich doch nicht von ein paar Rotzbengeln ärgern. Kapiert, ihr Faschos? Ich höre eure Schritte auf der Treppe ...« Die geringste Anstrengung erschöpft mich, ich habe Mühe zu atmen.

Um das Erbe anzusprechen, werde ich den zweiten Teil des Sederabends abwarten, wenn die Mägen schwer und die Köpfe leer sind. Dann ist niemand mehr richtig bei der Sache. Ich übernehme erneut die Leitung, unterbreche die Gespräche, um mit den Lobpreisungen zu beginnen. Normalerweise fallen alle mit ein, außer Patrick, der nicht gerne singt, und Pinhas, der lieber seine orientalischen Melodien brummelt, die sogar noch eintöniger sind als die aschkenasischen Rhythmen. Die Seiten ziehen vorüber, der vierte Becher ist in Sicht.

Letztes Jahr, wie an jedem Pessachfest, war Samuels Konzentration bereits am Ende. Mit der linken Hand blätterte er wie bei einem Countdown durch die verbleibenden Seiten. Dann noch einmal von vorn. Und noch mal. Michelle hatte diesen Zirkus zwar bemerkt, bewahrte aber ruhig Blut. Ich beobachtete sie aus dem Augenwinkel. Samuel hörte nicht auf, er kannte seine Mutter zu gut und wusste, dass sie einstweilen nicht aus der Haut fahren würde, noch war sie in ihrer schuldbewussten Phase. Er machte weiter, um die mütterliche Überempfindlichkeit zu reizen, während er sich gleichzeitig mit der rechten Hand den Diskussionen auf seinem Handy widmete.

Später erfuhren wir, dass es Laurent war, ein Mitschüler, der das Video an sich gebracht hatte. Sein großer Bruder war in der gleichen Stufe wie Tania und hatte auch an dem deutsch-französischen Austausch teilgenommen. Unglücklicherweise zeigte er seinem Bruder eine Aufnahme aus Berlin, auf der ein paar Schüler auf der Straße zu sehen waren. Darunter Tania, Hand in Hand mit einem blonden Hünen. Wir erfuhren ebenfalls, dass drei Euro genügt hatten, um den Transfer des Videos zu besiegeln, das Samuel gerade heimlich anschaute. Bis er bei Sekunde 21 mit lautem Gelächter die Lieder unterbrach.

»Leyla, wie heißt der Typ noch mal?« Samuel hielt ihr das Display hin. »Jürgen? Ist das ein geläufiger Name, Jürgen?« Samuel ließ nicht locker, Tania hatte verstanden. Sie nestelte nervös an ihren Haaren, kniff die Lippen zusammen und spielte mit ihrer Kufiya. »Wovon redest du denn? Siehst du nicht, dass dein Großvater weitermachen will, damit wir nicht bis drei Uhr morgens hier sitzen?« Trotz ihres guten Willens ließ Michelle schon wieder eine gewisse Reizbarkeit erkennen. »Alles in Ordnung, Mama, ich informiere mich nur über Tanias neuen Freund. Will jemand sehen, wie er aussieht?« Kaum hatte Samuel seinen Satz zu Ende gebracht, versuchte Tania ihm das Handy wegzureißen, aber ihr Bruder war schneller und flüchtete sich hinter seinen Onkel. »Pinhas, sag ihm, dass er es mir geben soll!« Tania war außer sich. »Rück das Telefon raus, Samuel! Onkel, nun sag schon was, bitte ...«

»He!«, brüllte Michelle. »Los, gib mir dein Handy, Samuel. Sofort! Und ihr setzt euch beide wieder hin. Ihr macht mich noch kaputt ...« Während sie schrie, starrte Michelle auf das schwarze Display und tippte wahllos darauf,

um irgendetwas zutage zu fördern. Nach ihr fummelte Pinhas an dem Telefon herum. Ungeduldig nahm ich meinem Schwiegersohn das Handy aus der Hand, entsperrte es und klickte auf das Display. »Lasst mal die Alten machen ...«
Aus dem Telefon drang ein dumpfes Geräusch, direkt gefolgt von einem hohen Ton, vielleicht der Wind. Man konnte Silhouetten erkennen, die sich dem Objektiv näherten. Patrick hatte sich an seine Frau gedrückt, und auch Pinhas bahnte sich einen Weg, um ja nichts zu verpassen.

Jugendliche mit abstrusen Frisuren, Irokesen- und Vokuhila-Schnitte, aufgehellte Strähnen, unsicherer Gang. Und ganz links Tania, die sich an einer Hand festhielt. Einer männlichen. Lederjacke, schwarze Handschuhe. Breite Schultern, die Silhouette begann sich langsam abzuzeichnen. Ein Koloss. Und schließlich der blonde Kopf, ein Teenagergesicht mit eingefallenen, blassen Wangen, quer über das Gesicht ein roter Mund. »Sie hält Händchen mit einem *Boche*! Einer verdammten SS-Visage noch dazu ...«
Ich konnte nicht mehr an mich halten. Tania weinte bereits. »Guckt doch mal, da fehlt nur noch der Totenkopf, um das Bild abzurunden. Der deutsch-französischen Versöhnung stehen große Zeiten bevor! Ist doch wunderbar, wenn man ganz unbehelligt mit einem Teutonen durch die Gegend laufen kann, Tanialein, das ist Europa. Öko-Nazis! Wenn ich den Fritzen nur hätte sagen können, dass meine Enkelin eines Tages mit einem ihrer Nachfahren anbandeln würde, stellt euch nur vor! Rudolf Höß, für mich bitte keine Dusche, es gibt da ein Video von Tania, die mit einem feschen SS-Jungen Händchen hält! Nein, wirklich.« Das Schluch-

zen wurde immer lauter, mein Glucksen auch. Niemand wagte ein Wort, Tania hatte nicht die Kraft, vom Tisch aufzustehen. Samuel aber war es unangenehm, schließlich hatte er seine Schwester nur ein bisschen piesacken wollen.

Empfand Tania wirklich etwas für diesen hoch aufgeschossenen Arier? In meinem Lachen lag genauso viel Verlegenheit wie Stolz auf diesen Auftritt. Ich konnte nicht atmen, meine Bauchmuskeln schmerzten. Patrick schaute zu seiner Frau, verzweifelt und von anderweitigen Bauchschmerzen geplagt. Denise war die Einzige, die etwas sagte. »Papa?« Aber es half nichts, ich lachte, hustete, und lachte und lachte. »Meine Enkelin mit dem großen Schpountz! Und, habt ihr euch geküsst?« Tania guckte woandershin, es war, als holte ich mit meinen penetranten Fragen Luft. »Falls ihr eine Pyjama-Party organisiert, könnte ich dir meine gestreifte Garnitur leihen, was meinst du?« Alle schauten mich an. Sarah litt sichtlich, und ich lachte immer lauter.

Dann ein tiefes Einatmen, das eine Ewigkeit zu dauern schien, ich verschluckte das Dunkel und fasste mir mit der Hand ans Herz. Ich fühlte, wie ich wegrutschte, langsam abdriftete. Alle beugten sich über mich. Nur ruhig. Sauerstoff. Pinhas griff mir unter die Achseln und legte mich aufs Sofa. Nur ruhig.

Als ich wieder zu mir kam, suchte ich automatisch zuerst nach Patrick, er war trotz heftigen Bauchgrummelns nicht weggerannt. Tania blieb stumm, noch unter Schock. Denise hatte ihr eigenes Geschrei mehr erschreckt als mein Zustand. Michelle hatte es die Sprache verschlagen. Meine Töchter waren nicht wiederzuerkennen, ihre Rollen hatten sich während meines Unwohlseins verkehrt. Noch begriff ich nicht, dass sich damals bereits ihr Verhältnis zum Tod abzeichnete, dass Michelle mit dem Tod ihrer Mutter erlöschen würde.

Patrick kam ein paar Wochen nach der Beerdigung zu mir, um Rat zu suchen, noch nie hatte er seine Frau, vor allem abends, so ruhig erlebt. Seit ihrer Kindheit versprühte sie ihr Gift gewöhnlich vor dem Schlafengehen, wenn sie sich auf den Bettrand setzte. Sie starrte auf ihre Zehen, mit denen sie imaginäre Tonleitern übte, zog über die Schwächen ihrer Schwester her und schimpfte auf sämtliche Heulsusen. Doch seit Sarahs Beerdigung nichts mehr, nicht der kleinste Mucks, nur ein abwesender Blick. Kein Wort, um der Angst vor dem Schlafengehen die Spitze zu nehmen, die üblichen Beleidigungsergüsse fehlten einem geradezu.

Sarah setzte sich neben mich. Trotz der Krankheit hatte sie die Kraft, mich abermals zu beschützen. Wie hatte mein Körper nur kapitulieren können, während ihrer gegen alle möglichen Angriffe kämpfte, um unsere schwachen Hoffnungen zu nähren, um eine weitere Nacht mit uns zu verbringen. Sobald mein Herz sich beruhigt hatte, setzte ich mich auf und nahm sie in den Arm.

Als ich sie ein knappes halbes Jahr später an mich drücken wollte, lastete ihr Körper auf mir wie ein der Schwerkraft ergebener Stein. Die kälteste Umarmung, die letzte. Nie mehr würde ich mich neben sie setzen können, um ihr meine Liebe ins Ohr zu flüstern. Neben diese Frau mit der göttlichen Kraft. Meine Frau. Tot, und noch immer so schön in meinen Erinnerungen, die sich langsam aufzehren.

»Ich nehm noch ein Viertel Rotwein, danke. Hör auf, mich so anzugucken, Papa, nur weil du nicht trinkst, muss ich es ja nicht genauso machen, du wirkst ganz schön desolat mit deinem Apfelsaft, klar passt der prima zum Steak ... ich würde meine Hand dafür ins Feuer legen, dass du Michelle nie Vorhaltungen machen würdest, das hast du ja auch nicht, als wir noch zu Hause gewohnt haben, die Vorwürfe kriegt nur die Älteste, klar; hör auf, mir ständig dein Leid zu klagen, es ist für keinen von uns leicht, ich habe meine Mutter verloren, Grund genug, zu trinken, aber gut, deine moralisierenden Augenbrauen sind mir allemal lieber als das Geschrei dieser Verrückten, jawohl, ich rede von meiner Schwester, wie ich will, ich kann ja nichts sagen, wenn sie dabei ist, also beiße ich mir wenigstens nicht auf die Zunge, wenn ich dich ohne den Rest der Familie sehe, ich habe geglaubt, die sieben Tage der Schiv'a würden gar nicht mehr enden, all diese Leute, die bei dir aufgekreuzt sind, und Michelle, die immer in der Nähe war ... ich hatte Pinhas vorbereitet, damit er den Mund hält und es keinen diplomatischen Zwischenfall gibt; er hat sich eins a benommen, aber stell dir das mal vor! Meine Mutter stirbt, und mein erster Gedanke ist, einen Konflikt mit Michelle zu vermeiden, na ja, so hatte ich wenigstens was, womit ich mich beschäftigen konnte ... ich habe keine Mutter mehr ...

eine schreckliche Zeit, ich werde meine geliebte Mutter nie mehr sehen, weißt du das, Papa? Ich habe sie geliebt, ihre Sanftheit und ihren Mut, aber jetzt ist sie nicht mehr da, und ich esse allein mit meinem Vater zu Mittag, in trauter Zweisamkeit, denn jetzt bin ich Halbwaise, verkrüppelt, Papa, verlass mich nicht, wenn du gehst, hab ich keine Füße mehr ...«

Denise begann zu weinen und kippte gleichzeitig ausgiebig Rotwein in sich hinein, ich brachte kein Wort heraus. Ich legte meine Hand auf ihre, die sich an das Glas klammerte. Zum ersten Mal berührte ich ihre erwachsene Haut, die Venen waren fest wie die von Sarah, die Gelenke eiskalt. Die Leute ringsherum mussten mich für einen alten Lüstling halten, der seiner jungen Beute gerade auseinandersetzte, dass er seine siebzigjährige Frau ihretwillen nun doch nicht verlassen würde, trotz ihrer jugendlichen Wangenknochen und ihrer noch festen Brust.

»Deine Mutter hat dich auch geliebt, sie machte sich Sorgen um dich, weißt du, als du zu trinken angefangen hast zum Beispiel – auch wenn wir wissen, dass Michelles Anwesenheit dich krank macht, und die Trauer offenbar auch. Du musst auf dich aufpassen, bitte, du bist unglücklich, aber nach der Beerdigung, und selbst während der Schiv'a hast du es wirklich übertrieben.«

»Es tut mir leid, Papa ...«

»Ich sage das um deinetwillen, auch wenn du traurig oder unruhig bist, ist das kein Grund, so viel zu trinken. Du hast Samuel Trinklieder beigebracht ... Michelle will ohnehin schon nicht, dass du ihm nahekommst, wenn sie entdeckt, dass er diesen blumigen Wortschatz dir zu verdanken hat ...«

Denise wollte sich beherrschen, aber ein beginnender Lachanfall ließ ihre Lippen zittern, dann verspritzte sie den restlichen Wein mit einem Prusten, das sämtliche Köpfe herumschnellen ließ. Ich konnte selbst nicht widerstehen, und wir lachten und lachten mit einer Vertrautheit, die ich schon verloren geglaubt hatte. Schon ewig hatte ich sie nicht mehr aus vollem Hals lachen hören. Als Kind kicherte sie verschämt, mit gesenktem Kopf, erst Pinhas hatte ihr gehemmtes Katzenlachen in ein Walfischglucksen verwandelt. Obwohl unsere Augen noch feucht waren, erstickte unser Lachen gleichzeitig, eine merkwürdige Ausgelassenheit knapp zwei Wochen nach der Beerdigung.

»Also, hast du über den zweiten Sederabend nachgedacht? Pinhas' Bruder würde sich sehr freuen, wenn du dabei wärst.« Seit unsere Töchter verheiratet waren, kamen sie mit den Schwiegersöhnen am ersten Pessachabend zu uns. Die zweite Sederfeier, die nur in der Diaspora begangen wird, war Sarah und mir vorbehalten, um nach einer ersten, anstrengenden Nacht ein bisschen aufatmen und den ägyptischen Boden allein mit dem Partner verlassen zu können. Kein Streit, kein Geschrei, auch wenn der Ablauf des Abends gleich blieb. So wie sich das Rote Meer über die Truppen des Pharao schloss, überfluteten mich in dieser zweiten Nacht ihre blauen Augen, als ich die Osterworte sprach. Ihr eindringlicher, entwaffnender Blick .

Pinhas' älterer Bruder hatte mir nach der Beerdigung freundlicherweise vorgeschlagen, mich seiner Familie anzuschließen, um am zweiten Osterabend nicht allein zu sein. Ich hatte mich bedankt und erwidert, dass ich noch nicht so weit sei und ihm schnellstmöglich eine Antwort geben würde. Aber ich will weder ihr Mitleid noch ihre orientalische Freude, ich will nicht, dass man mir meinen Sederabend mit Sarah nimmt. Wir waren in dieser Nacht immer allein, und ich wünschte, man möge uns abermals allein lassen, um die jahrtausendealte Geschichte des jüdischen Volks zu besingen. Ich bin nicht bereit, unsere Nacht ohne dich zu verbringen, die schönste Nacht überhaupt.

»Lass erst mal sehen, ob ich den ersten Sederabend überlebe.«

»Red keinen Unsinn, Papa ...«

Die Zeit vergeht. Michelle müsste eigentlich bald da sein. Die Kinder werden um neunzehn Uhr mit Patrick kommen, und Denise wird an Pinhas' Arm zur Durchquerung der Wüste erscheinen, natürlich verspätet. Der Sand unter unseren Füßen, die Erinnerung an unseren letzten Urlaub am Meer mit den Mädchen. Fast erwachsen und doch noch Kinder, Denise neunzehn und Michelle siebzehn, wir waren auf Santorin. Das letzte Mal, dass sie bereit waren, zwei Wochen mit uns zu verbringen, bevor sie lieber unter ihren Freunden blieben. Bis zu dem schwarzen Strand im Schutz riesiger Felsen hatten wir etwa eine Viertelstunde gebraucht. Der vulkanische Sand, an dem das Meer leckte, und wir, unbeholfene Touristen, die gegen den Wind kämpften. Sarah und ich beobachteten, wie die Mädchen sich den zu dieser Jahreszeit noch kühlen Wellen näherten, die ihnen an die Waden, dann bis zu den Knien schwappten. Sie benetzten sich vorsorglich, bevor sie entschlossen in die Hocke gingen und in das Salzwasser eintauchten. Sarah und ich unterhielten uns, beide auf die Unterarme gestützt, vor uns das Meer und die feuchten Nacken unserer Töchter. Sie waren zu dieser Zeit ein Herz und eine Seele, ein paar dankbare Monate, in denen die Mädchen ihre Geheimnisse teilten und ständig zusammensteckten. Die traumatische Erfahrung des Abends mit meinem Cousin

Salomon hatte sie zusammengeschweißt, nach einer argwöhnischen Jugend. Und vor dem Alter der Verachtung.

Ich denke oft an diesen Mai, an die schwarzen Sandkörner, die sich auf unseren feuchten Handtüchern sammelten. Tief in meinem Herzen hoffte ich, dass sich Denise und Michelle ihr Leben lang nahe sein würden. Für sie war es das Alter der zur Schau gestellten Affekte, nicht der echten Gefühle, die Zeit, da die Tränen ins Leere tropften und die Umarmungen in Kälte erstarrten. Dann kehrten die Emotionen zurück. Freude. Schmerz. Und Einsamkeit. Und als Michelle Mutter wurde, kehrte das Schweigen zurück, das Schweigen der Distanz und des Unverständnisses, die Unmöglichkeit zu sprechen, dann erneut die Gewalt. Denise' Alkohol war eine Antwort auf Michelles Geschrei.

Keine der beiden war auf die Nachricht vorbereitet, dass ihre Mutter sterblich war.

Die einzelnen Teile des Sederabends rekapitulieren, das Bedürfnis, mich Bild für Bild voranzutasten. Ich habe eine ungute Vorahnung. Von meinem Abschied. Ich muss tief durchatmen, wie der Arzt mir geraten hat, und mich auf die materiellen Fragen konzentrieren. Zunächst den Tisch abräumen und mich anziehen, bis zum Eintreffen von Michelle bleiben mir noch mindestens zwei Stunden. Anschließend das Geschirr abwaschen und mit dem Staubtuch über die Stühle fahren. Ich habe immer noch keinen Appetit, der Gedanke an ein Mittagessen widert mich an. Und plötzlich fühle ich mich in dem angesammelten Geschirr, dem seit Tagen auf dem Tisch herumliegenden Besteck gefangen. Ich mache einen Bogen um die Stühle, lade mir die schmutzigen und verkrusteten Schüsseln auf.

Das Bild meiner Suppenschüssel im Lager. Die stets versteckte Suppenschüssel, kostbarer als die Erinnerungen an früher. Ich war fixiert auf die diebischen Hände, die im geringsten Moment der Unachtsamkeit ihr Glück versuchten. Ihre Totenfinger, bereit, sich auf mich zu stürzen, um mein Privatestes an sich zu reißen, die an meinem Geschlecht verborgene Suppenschüssel, die mir das Recht auf Essen gab. Hier hingegen stapeln sich die Teller vor den Blicken der Diebe. Sollen sie doch kommen, die Nazis. Sollen sie doch kommen und das Geschirr abwaschen!

Während sie schrubben, werde ich meine Ansprache zum Erbe proben. Es wird einige Entschlossenheit brauchen, um die kleine Runde im Griff zu behalten, auch wenn Patrick sich, seinem Schließmuskel zuvorkommend, schon verabschiedet haben wird. Ich kann es ihm nachfühlen, die Diskussion um das Erbe verspricht explosiv zu werden. »Entscheidet ohne mich«, wird er sagen und im Gang verschwinden. »Mehrere Zehntausend Euro also ... Wir haben verschiedene Optionen, zunächst einmal eine Geldanlage. Ich weiß, dass eurer Mutter diese Vorstellung nicht gefallen hätte, aber wir könnten ein Konto eröffnen, das uns eine kleine jährliche Auszahlung einbringt. Um meine Rente abzurunden, und für euch, und später für die Kinder.« Wie ich Pinhas kenne, wird er die Gelegenheit nutzen, um die derzeit gewinnbringendsten Investitionen zu erläutern, er wird sein angebliches Wissen ausbreiten und sich brüsten, über die sichersten Quellen der Bankenwelt zu verfügen. »Rohstoffe«, wird er zum Beispiel rufen. »Wir sollten dieses Geld in Rohstoffen anlegen. Alle Ampeln stehen auf Grün, das haben mir ein paar wichtige Kontakte bei Rothschild berichtet.« Rothschild, natürlich.

Pinhas behauptet, er habe dort mehrere, sämtlich gescheiterte Bewerbungsgespräche geführt. Er würde mit geschlossenen Augen das Stockwerk der Personalabteilung finden, sagte er. Er habe alles versucht, um in die legendäre Bank einzusteigen, als Finanzberater, als Analyst, als Unternehmensberater, als Spezialist für Computernetzwerke, als Kundendienstberater oder als Reinigungskraft. Ohne Erfolg. Genüsslich erzählte er von seinen angeblichen Gesprächen, bei denen er unbedingt seine Zugehörigkeit zur *Gemeinschaft* demonstrieren wollte: Morgens suchte Pinhas sorgfältig den Davidstern aus, der zwischen seinem Brusthaar baumeln würde. Präsentierte sich mit aufgeknöpftem Hemd, damit seine feuchte Oberkörperbehaarung zu bewundern wäre. Je nachdem, welche Schuhe er trug, wählte er einen mit Strass oder einen mit blauen Steinen eingefassten Anhänger aus Weiß- oder Gelbgold. Ab und zu ein verschwörerischer Blick und ein paar Brocken Hebräisch, um die Begegnungen abzurunden – und seine Geschichten, immer wieder seine Geschichten ... Doch trotz aller Bemühungen wurde er mit Anlageberatungen abgespeist, die er allen, die ihm Glauben schenkten, fröhlich weiterempfahl.

»Das ist doch nicht dein Ernst, Papa? Mit diesem Geld gehen wir kein Risiko ein«, wird Michelle entscheiden. Also werde ich nachhaken, um sie zu provozieren: »Und in ein Geschäft investieren? Wenn wir zum Beispiel einen Laden aufmachen, wäre das Kapital mehr oder weniger geschützt und wir hätten die alleinige Verantwortung für die Rentabilität. Willst du Barbesitzer werden, Samuel?« Michelle wird die Augen verdrehen. »Oder eine Buchhandlung? Darum könnte Denise sich kümmern, was meinst du, Liebes?«

Denise hat Literaturwissenschaften studiert und eine Abschlussarbeit über die Onomastik im Werk Albert Cohens geschrieben. Ihre Schwester machte sich über alle ihre Entscheidungen lustig, angefangen bei der Studienwahl – ohne Berufsaussichten, sagte sie – bis zu ihrer ausgesprochen sephardischen Themenwahl. »Kein Wunder, dass sie Pinhas geheiratet hat.« Doch Sarah war stolz auf ihre älteste Tochter und nahm es mir zeit ihres Lebens übel, sie nach dem Magister sofort in einen Job gedrängt zu haben. Schluss mit dem Verlagswesen, Schluss mit dem Journalismus, sie akzeptierte das erste Angebot, das man ihr machte. Es kam von ihrem Gynäkologen, der eine neue Sekretärin suchte: anständige Bezahlung, flexible Arbeitszeiten und kostenlose Abstriche.

»Noch so eine blödsinnige Idee, wir müssen realistisch sein, Papa! Denise könnte doch niemals allein eine Buchhandlung führen. Es reicht ja nicht, Bücher zu mögen, um ein Geschäft zu schmeißen. Guck nicht so, Denise, das sage ich nur zu deinem Besten und damit du nicht jeden Abend heulend nach Hause kommst.« Pinhas wird stumm bleiben. Ein einziges Mal versuchte er, sich zwischen die beiden

Schwestern zu stellen, um seine Frau zu verteidigen, und die Situation lief aus dem Ruder. Gebrüll, Beleidigungen, Kratzen, Pinhas erstarrte und nahm das Risiko in Kauf, dass Denise von ihrer Schwester verschlungen wurde. Was konnte er auch ändern?

Denise wird den Blick gesenkt halten und erst gar nicht versuchen, zu antworten. Um das Schweigen zu brechen, werde ich vorschlagen, dass jeder reihum seine Meinung äußern kann. »Lass uns doch bei dir anfangen, Tania. Was würdest du denn gern mit dem Betrag machen, den deine Großmutter uns vermacht hat?« Sie wird überlegen, die anderen Familienmitglieder herablassend angucken und schließlich in einem monotonen Tonfall einen kühnen Vorschlag unterbreiten. »Ich würde das Geld gerne Leuten geben, die keines haben, warum nicht einem Verein, zum Beispiel für ein Waisenhaus oder um Schulen zu renovieren. Wir haben genug Geld, wir können uns doch nicht unbegrenzt weiter bereichern, schon gar nicht auf Omas Kosten. Keine Ahnung, Afrika, Indien, es dürfte doch nicht schwer sein, Leute zu finden, die in Not sind. Sogar in Frankreich, schaut euch nur mal ein bisschen um.« Ich kann sie schon hören.

Anschließend wird Samuel seiner Schwester natürlich widersprechen. »Statt andere damit zu erfreuen, könnten wir das Geld aber auch unter uns aufteilen, und jeder macht damit, was er will. Du kannst dann deine Bleistifte kaufen, Tania, und sie nach Bab El Oued schicken, und ich behalte meine Kohle, damit ich die Eltern nicht mehr um Geld anbetteln muss. Keine Rechenschaft mehr ablegen, die absolute Freiheit. Opa, und du kannst dir eine Putzfrau leisten, um Oma zu ersetzen.«

Pinhas wird selbstverständlich meine Partei ergreifen – er möchte mir immer entgegenkommen – und dann irgendwelche abstrusen Ideen zur Erheiterung der Kinder vorbringen: einen Vergnügungspark, ein privates Aquarium, einen tropischen Zoo eröffnen. »Ihr glaubt eurem Onkel doch nicht im Ernst?« Michelle wird ihn nicht lange ertragen können. »Hör auf damit, Pinhas, bist du völlig durchgeknallt, oder was? Tania, wie alt bist du eigentlich? Dass dein kleiner Bruder sich auf die Sperenzchen deines Onkels einlässt, na gut, aber du?« Denise wird versuchen, die Diskussion zu beenden, aber das wird nicht reichen, um ihre Schwester zu beruhigen. »Schluss jetzt, Denise, siehst du nicht, dass dein Mann einen Knall hat? Niemand traut sich, die Klappe aufzumachen, also bin wieder mal ich die Böse. Na bitte, jetzt flennt die Alkoholikerin schon wieder, sag doch was, Papa!« Mir ist nicht danach, heute Abend laut zu werden, und Patrick hängt um diese Zeit noch über der Kloschüssel.

Geschrei, Tränen und Exkremente, diese Nacht wird all den anderen gleichen. Ich sollte sie gar nicht nach ihrer Meinung fragen, sondern ihnen Sarahs Erbe einfach aufzwingen, ohne über Geld zu sprechen. Tief in meinem Herzen weiß ich, was ihr gefallen hätte, ich weiß, was ihr diese Festabende bedeuten, und ich bin überzeugt, dass sie an diesem Seder keine Wehmut gewollt hätte. Es wird diese Nacht ohne sie geben, und die morgige. Aber nächstes Jahr und das darauffolgende? Ich will ihr keinen Wein mehr einschenken ohne Hoffnung, ich will nicht mehr hier sitzen, essen und betrübt aus Ägypten ausziehen. Es hat diese vielen Sederabende mit Sarah gegeben, nun wird es diese erste Osternacht ohne sie geben, danach werden wir die Befreiung woanders besingen müssen, damit sich die Traueranlässe nicht überschneiden, damit sie nichts von ihrer heiligen Regelmäßigkeit verlieren.

Ich weiß, dass es ihr gefallen hätte, wenn wir uns irgendwo anders zusammenfinden, uns neue Erinnerungen aufbauen könnten, nicht in ihrer Wohnung. Nicht in unserer Wohnung. Von unserem Trauergeld ein Haus auf dem Land kaufen und die jahrtausendealten Fragen in den neuen, lebendigen Wänden singen, warum unterscheidet sich diese Nacht von den anderen Nächten? Ja, das ist die Lösung, ich kann meine Enkel förmlich vor Freude in die Luft springen und die Erwachsenen in ihre schwarzen Gedanken versinken hören. Besonders Michelle, die bereits potenzielle Konfliktquellen mit Pinhas wittert. Michelle, die mögliche Streitquellen mit Denise wittert. Michelle, die schon Patricks Durchfallattacken zählt. Kostenmanagement, Unterhalt des Gebäudes, anfallende Renovierungen.

Ich starre auf Michelles Stuhl und stelle sie mir trotz allem gelassen vor, mit verschränkten Armen, schweigsam. Das Raunen der anderen stört sie nicht, jeder versucht, seine Wünsche zu äußern: Pinhas möchte ein Haus an der Sonne, während seine Frau eher etwas im Landesinneren bevorzugt, ruhig und verschwiegen. Tania besteht auf einem eigenen Badezimmer, und Samuel setzt uns den klaren Vorteil einer Kinoleinwand mit roten Sesseln und Popcorn-Maschine auseinander. Alle reden immer lauter und aufgeregter, Michelle räuspert sich. Sie täuscht ein Lächeln vor, während sie sich besorgt umschaut. Sie denkt an Sarah und kann sich bestimmt ein bisschen zusammennehmen. Sie hört nur halb hin und konzentriert sich auf Tanias und Samuels Gesichter, statt sich aufzuregen, sie betrachtet ihre Kinder, die Seite an Seite neben mir sitzen.

»Dann wollen wir mal nach einem Haus suchen!« Pinhas übernimmt die Regie und entwirft mit der Autorität eines clownesken Diktators den Schlachtplan. »Aufgabenverteilung je nach Fähigkeiten. Patrick und Denise sind die Geografen und werden über den geeigneten Ort entscheiden. Nicht zu weit weg, aber auch nicht zu nah. Salomon und ich werden das Haus aussuchen, das sollten wir Männern mit Geschmack überlassen!« Mein Schwiegersohn, der Schmeichler und Schönredner, hat immerhin einen marokkanischen Palast gebaut. »Tania und Samuel könnten sich um die Einrichtungspläne kümmern. Eine Aufstellung der Zimmer, ihre Anordnung, sie bestimmen die Aufteilung des Gebiets.« Kurze Stille, dann Michelles Stimme, die man fast vergessen hatte. »Und ich?«

Alle sehen sich an, wohl der heikelste Moment des Abends. »Vielleicht könnte Michelle die Bauherrin sein?« Ich spreche genau die Worte aus, die meine Frau hätte sagen können. Und die Gesichter entspannen sich. Pinhas lächelt erst, dann lacht er. Die Kinder atmen erleichtert auf, ebenso die noch ganz zittrige Denise. Schließlich kehrt Patrick an den Tisch zurück, blass, aber hocherfreut, die Familie so gut gelaunt vorzufinden.

Träumen ist ja nicht verboten.

Patrick hat seine Schwächen, aber auch seltene Privilegien. Michelle war eifersüchtig auf ihn, wenn er die Kleinen allein ins Bett brachte. Der Moment des Schlafengehens, der für sie nie unbeschwert sein konnte, als Tania und Samuel noch Kinder waren. Verborgene Ängste wahrscheinlich, mangelnde Geduld, die Furcht, wach zu bleiben, während sich die kleinen Augen allmählich schlossen. Hinter der Tür versteckt, beobachtete sie Patrick, wenn er sich zwischen die beiden Matratzen setzte und ihnen Geschichten vorlas, bis ihnen die Augen zufielen. Er genoss es, wenn sie schliefen und er allein neben den nachgebenden jungen Körpern saß. Michelle war bewusst, was sie verpasste, aber sie hatte nie gerne Geschichten gelesen, geschweige denn sich welche ausgedacht. Sie schämte sich und nahm es Patrick furchtbar übel, bis das Zeremoniell eines Tages auf Tanias und Samuels Bitte eingestellt wurde. Michelle war befreit, Königin der Tage und nun auch der Nächte.

Sie hasst es, die Kontrolle abzugeben, Patrick ist gezwungen, sich nach ihren Wünschen zu richten, um das Schlimmste zu vermeiden. Ein falsches Wort, eine ungeschickte Geste, er muss sich konzentrieren, um ja keine Angriffsfläche zu bieten. Und es funktioniert: die Vorteile des Zusammenlebens oder Frieden durch Abnutzung. Der letzte große Konflikt zwischen Michelle und ihrem Mann liegt schon Jahre zurück, es war an einem Festabend wie diesem, an Rosch ha-Schana. Nach einem x-ten Toilettenausflug war mein Schwiegersohn ohne sein Hörgerät an den Tisch zurückgekommen. Er hatte versucht, seine Haare zu verwuscheln, um sein nacktes Ohr darunter zu verstecken, aber Michelle hatte den Trick natürlich bemerkt. »Wo ist denn dein Apparat? Du hast ihn ja wohl nicht runterfallen lassen?« Patrick lächelte dümmlich und schüttelte den Kopf. »Hallo! Hört er mich, oder was? Kannst du von meinen Lip-pen le-sen?« Pinhas versuchte, seinem Schwager beizuspringen, und rückte näher, um ihm etwas ins Ohr zu flüstern. »Halt die Klappe, Pinhas! Wenn Patrick zu blöd ist, zu kapieren, was seine Frau ihm sagt ...«

Denise trank weiter, und Sarah musste ihr Glas wegrücken, damit sie es nicht mehr nachfüllte. Zögerlich murmelte Patrick, es tue ihm leid, er höre nicht mehr gut, er müsse sich einen neuen Apparat kaufen, er entschuldige sich wirklich, Michelle solle es ihm nicht verübeln, er wolle uns das Neujahrsfest nicht verderben und wir könnten einfach weiterreden, ohne Rücksicht auf ihn zu nehmen. Meine Jüngste seufzte und fluchte, was das Zeug hielt. Sarah versuchte, die Gemüter zu beruhigen, aber ich schlug mich auf die Seite meiner Tochter. Tatsächlich, ein Abend mit einem abwesenden Patrick wäre kein Festabend mehr. Und Patrick wäre nicht mehr Patrick, wenn wir keine Durchfallattacken mehr provozieren konnten.

Ich stand auf, drückte den jungen Samuel an mich, nahm seinen Ellbogen und streckte seinen Arm aus. »Wiederhole, was ich sage: Heil Papa! Heil Papa!« Patrick lächelte dümmlich, während ihn alle entgeistert anstarrten. »Heil Papa!« Denise fing an zu lachen, wahrscheinlich wegen des Alkohols. Sogar Michelle konnte sich angesichts von so viel Bosheit nicht zurückhalten. Aus Solidarität beugte sich Pinhas erneut zu Patrick hinüber, um ihm zu erklären, was Samuel rief, doch wider Erwarten suchte Patrick nicht das Weite. Er schaute mich unverwandt lächelnd an, schüttelte den Kopf, um mir zu verstehen zu geben, dass ich übergeschnappt sei, und schloss dann erstaunlich gelassen seinen Sohn in die Arme.

War es das fehlende Hörgerät, das seine Verdauung schützte? Die Stille, obwohl wir diese Gesten vollführten? Ich werde es nie erfahren, aber die ganze Tischgesellschaft staunte angesichts dieses Wunders, das sich vermutlich kein zweites Mal ereignen würde. Meine Familie war großartig. Mit ihren vorprogrammierten Mängeln und ihren Überraschungen.

Wie ein Schlag im Inneren meines Schädels. Alles verschwimmt. Ein warmer Alkoholatem folgt mir, als ich auf die Küche zustrebe, um das schmutzige Geschirr abzustellen. Denise starrt mich an, wie besessen. Die anderen sind aus meinem Kopf verschwunden, ich spüre Denise hinter mir, ohne dass ich die Kraft habe, mich umzudrehen. Mein Rücken schmerzt, er befiehlt mir, dem Blick meiner Tochter auszuweichen. Sie appelliert an ihre Mutter, nimmt mich zum Zeugen in der stillen Wohnung. In der keine Gespenster und Nazis mehr sind. »Ob das eine gute Idee ist, Mama? Ein Familientreffen, ohne dich? Schau uns doch an! Schau deine Töchter an, deine Enkel, und Papa, der diesen Sederabend dir zu Ehren so stolz leiten wird. Papa, sag doch was!«

Das sind alles nichts als Ängste. Denise wird voraussichtlich spät kommen, es sind nur körperlose Stimmen, die mir folgen. Die ich spüre und befrage. Denise krümmt sich, altert, nimmt die Züge ihrer Mutter an. »Warum wirst du heute Abend nicht bei uns sein? Wo wirst du sein, wenn wir Michelle beruhigen müssen? Wie kannst du uns dein Glas füllen lassen, wie jedes Jahr, wo du doch weißt, dass du es nicht trinken wirst? Warum lässt du uns in dieser so einmaligen Nacht im Stich? In dieser Nacht, die so anders ist als alle anderen.« Ich höre meine Stimme. Meine eigene

Stimme, obwohl ich Denise' Silhouette sehe. Es sind nicht mehr die Klagen meiner Tochter, sondern meine, die die Wohnung durchdringen. Ich schaffe es nicht, ohne dich zu essen, mir die Zukunft ohne dich auszumalen, ich schaffe es einfach nicht, Sarah. Denise, meine nun verstummte Tochter, meine Tochter mit den mütterlichen Zügen, krümmt sich immer weiter, bis ihre Stirn die Arbeitsfläche berührt. Sie greift sich mit beiden Händen an den Schädel. Stützt sich auf die Arme und richtet sich weinend wieder auf. Nun ist es Sarah, die mich aus ihren blauen Augen ansieht.

Ich schwanke, greife nach einem Gegenstand. Ein gefülltes Glas. Lauwarmer Rotwein. Ich halte es fest und gehe Richtung Bett. Ich lege mich hin und singe, um mich aufzuheitern. Einen Lobpreis auf die Rebe, den gleichen, der an diesem Abend zum vierten Mal erklingen wird, wenn ich den vierten und letzten Sederbecher heben werde, ein Gebet, das erklingt, bis heute Abend, bis Morgen ist: *Baruch ata adonaj elohenu melech ha'olam bore pri ha-gefen.* Gepriesen seist du, Ewiger, unser G'tt; du regierst die Welt. Du hast die Frucht des Weinstocks geschaffen.

Jemand klingelt, schon wieder.

Wir lagen nebeneinander. Das gleiche Bett, das gleiche Licht, das durch die Vorhänge milder wurde, bevor es unsere Gesichter traf; und in unsere bereits reifen Lippen einen Schatten grub. Die Mädchen waren tags zuvor weggefahren, zu einem Pfadfinderlager, das in diesem Juli irgendwo im Périgord stattfand. Sarah und ich hatten sie zum Bahnhof gebracht mit ihren Rucksäcken, die deutlich wuchtiger waren als ihre acht- und zehnjährigen Kinderstaturen. Sie hatten nicht überfordert gewirkt, als sie uns zum Abschied küssten und in den Zug stiegen. Stolz in ihren Uniformen, hielten Michelle und Denise sich an den Händen. Sie folgten einer Gruppenleiterin, die für mein Empfinden noch etwas zu jung war, um all die kleinen Dämonen zu betreuen, aber gut, die Mädchen hatten nicht geweint und sogar fröhlicher ausgesehen als Sarah.

Sie zitterte immer noch, als wir wieder ins Auto stiegen. Die Reifen, die sich geräuschlos von dem kleinen Parkplatz lösen, der Bahnhof, der sich im Rückspiegel entfernt. Ich hatte das Gefühl, Sarah wehzutun, indem ich sie von Denise und Michelle trennte, auch wenn sie es gewesen war, die sie für das Lager angemeldet hatte. Sie schlief schon seit Tagen nicht mehr, und ich hatte getan, was ich konnte, um den Abschied so erträglich wie möglich zu gestalten, ohne geschmacklose Witze am Bahnsteig, obwohl eigentlich alles zum Schlimmsten stand. Fürsorglich brachte ich sie nach Hause, wo eine Überraschung auf sie wartete: ein Essen bei Kerzenlicht und ein anschließender Kinobesuch.

Als wir zu Hause waren, schloss ich mich für die letzten Vorbereitungen in der Küche ein und bat sie, unter keinen Umständen hereinzukommen. Seit der Nacht, als Sarah mir ihre Schwangerschaft verkündet hatte, war es in der Wohnung nicht mehr so still gewesen, nur das Brutzeln der Zwiebeln in der Pfanne war zu hören und, in der Ferne, das in die Badewanne einlaufende Wasser. Eine gute halbe Stunde später scharrte Sarah an der Tür, offensichtlich hungrig und entspannt, wir setzten uns zu Tisch. Ich hatte die Teller einander gegenübergestellt, etwas zögerlich nach den jahrelangen Familienessen, es war das erste Mal seit Langem, dass wir allein zu Abend aßen, ohne die Mädchen.

Wir hatten unbeholfen Platz genommen. Verlegen war ich sofort wieder aufgesprungen, um ihr einzuschenken und mich höflich wieder zu setzen. Gutes Benehmen war für Sarah unentbehrlich, sie brauchte nicht unter Beobachtung zu stehen, um die Erziehung ihrer Eltern konsequent umzusetzen. Ich wollte der Aufgabe gewachsen sein, alles sollte ihr gefallen. Wir aßen mit Appetit, und gegen einundzwanzig Uhr reichte ich ihr ihren Mantel sowie zwei Eintrittskarten, auf ins Kino. Was für ein herrlicher Abend, wir fühlten uns so jung.

Dann gingen wir müde, aber glücklich nach Hause, und in dem Augenblick, da wir den Schlüssel ins Schloss steckten, überkam uns beide eine Hitzewallung. Kein Licht, kein

Geräusch. Noch nicht mal der kindliche Atem, der den Schlaf unserer Kleinen wiegte. Es gab kein Leben mehr in der Wohnung, nur einige winzige Relikte zeugten von Denise' und Michelles Anwesenheit. Ein vergessener Schal auf der Rückenlehne des von meinem Schwiegervater geerbten Sessels. Ein Paar gewienerte Schuhe, deren Schnürsenkel von ungeduldigen Kinderhänden verschlissen worden waren. Die Freude verebbte, je weiter wir den dunklen Gang entlanggingen, denselben Gang, den wir nachts so oft auf und ab gegangen waren.

Meine Frau stand mit dem Rücken zu mir, nackt. Die wiedergefundene Intimität machte uns verlegen. In die für die Jahreszeit viel zu warme Decke eingemummelt, sah ich zu, wie sie ihr Nachthemd überstreifte, sie öffnete das Fenster, bevor sie sich zu mir legte. Ich glaube, wir hatten die Intimität unserer zweisamen Jahre vergessen, waren an jenem Abend noch nicht bereit, auch wenn wir uns im Laufe dieser Sommernächte wieder an die häufigen und ausgedehnten Abwesenheiten unserer Töchter gewöhnen würden. Dann wachten wir auf, ohne zu wissen, wann wir eingeschlafen waren. Ich erinnere mich an Sarahs helle Augen, die das Halbdunkel des Vortags verschluckten, an ihren verängstigten, sinnlichen Blick. Wir waren Hand in Hand aufgewacht, ohne eine weitere Berührung zu wagen. Wir hatten uns freigenommen, ein Montag ohne Kinder, der erste seit zehn Jahren.

Unsere Augen öffneten sich gleichzeitig, wir starrten auf die Decke und erhofften uns von ihr eine Antwort auf das merkwürdige Klima, das in der Wohnung herrschte. Ungeschickt brachen sich unsere Gewohnheiten wieder Bahn: aufstehen, essen, baden, rasieren, anziehen. Ich wollte, dass wir in die von der Stadt organisierte Ausstellung zum Gedenken an die über Drancy deportierten elsässischen Juden gingen. »Die Mädchen sind noch zu jung dafür«, hatte Sarah erklärt, sie hatten erst ins *Lager* fahren müssen, damit wir uns die Ausstellung anschauen konnten. Schöne Pädagogik.

Jetzt waren wir also endlich dort, liefen durch die ersten Räume, die fesselnd und berührend waren. Ich kommentierte jede Fotografie und jedes Schaubild, damit Sarah die Geschichte nachverfolgen konnte, meine Geschichte, die ich tunlichst nicht mit persönlichen Einzelheiten ausschmückte. Dann gelangten wir in den letzten, ebenso düsteren Raum, der Kunstprojekte von Gymnasiasten aus der Gegend zeigte.

Ich bemühte mich, ernst zu bleiben, als ich ein Kichern vom anderen Ende des Raums hörte. Ein einzelner Mann um die fünfzig, eher elegant gekleidet, stand vor einem fünf Meter breiten Regenbogen. Zwei bunt gestreifte KZ-Pyjamas, die einen verdammten Regenbogen bildeten. Während ich näher kam, wurde sein Lachen immer vernehmlicher, ein morbides Glucksen, das ich unter Hunderten erkannt hätte. Ich stellte mich neben ihn und prustete meinerseits los. Es war ansteckend. Er sprach mich an, ohne mich anzuschauen: »Struthof?«

»Auschwitz ...«

»Angeber!«

Später senkte sich wieder die Nacht über unsere Wohnung, Sarah schaute mich halb vorwurfsvoll, halb befriedigt an. Sie wusste, dass ich trotz allem einen wunderbaren Tag verbracht hatte, das machte sie glücklich. Sarah hätte ihr Leben für mein Glück gegeben, bereit, alle meine Ausrutscher zu verzeihen und sich nur an jene Glücksmomente zu erinnern, die mein Gesicht leuchten ließen. Wir liebten uns, und vielleicht tun wir das noch immer, obwohl sie nicht mehr lebt. Die Lichter in der Wohnung gingen nacheinander an, um die Nacht aufzunehmen und den Tag sanft einzuschließen. Sie hatte unsere Zweisamkeit ertragen, so wie sie mich ertragen hatte, als unsere Töchter aus dem Haus gingen. Ein erneutes Wiederfinden, das ich damals für endgültig hielt, wieder nur wir zwei wie in unserer allerersten Zeit. Unser Wiederfinden, das mit ihr erloschen ist.

Ich liege im Bett, das Glas in der Hand, mir ist schwindlig. Die Gespenster müssen weiterziehen. Lieder und Texte wirbeln umher, bis mir schlecht wird, sie bilden regelmäßige Schlangenlinien, jagen hinauf und hinunter, machen mich zur Mittelachse ihres Karussells. Und jetzt zählen sie auf, zwingen mich zum Aufzählen. Die Zahlen, die Sarah so wichtig sind. Und ich zähle, wie wir es jedes Jahr singen, mir bleibt nichts anderes übrig, ich zähle, um einen Sinn zu sehen in diesen Zahlen, die aufeinanderfolgen und miteinander verschmelzen, um mir Geschichten zu schenken, wie die auf den letzten Seiten der Haggada.

Eins zum Beispiel, die Zahl Eins, was bedeutet sie? Ich spreche, ohne den geringsten Laut von mir zu geben, ich komponiere nach meinem Rhythmus. Eins, natürlich, wir werden bald *ein* Dach haben, *ein* gemeinsames Dach auf dem Land, unter dem wir uns in den Ferien, anlässlich der Geburtstage treffen. Zum nächsten Pessachfest. *Ein* Dach, das in der Lage ist, Michelles Launen und Denise' Abwesenheiten zu ertragen, die Schwiegersöhne, die Enkel und sogar die Austauschschüler.

Und die Zwei. Was mag sie wohl bedeuten? *Zwei* Teenager, die es zu bemuttern, auszuhalten, bis zur Erschöpfung auseinanderzuhalten gilt. Dabei sind es *zwei* wahre

Prachtexemplare, die Augensterne ihrer armen Großmutter. Meine *zwei* Enkel in *einem* einzigen Haus.

Dann die Zahl Drei, das Trio, das Michelle zur Weißglut bringt: Denise, Pinhas und Patrick. Ich höre sie schon herunterbeten: »Stumm, wenn sie nicht gerade flennen, *eine* schwache und spröde Schwester, *ein* abstoßendes und erbärmliches Großmaul von Schwager, und *ein* Ehemann, der wegrennt, sobald er sich überfordert fühlt. Dazu noch die *zwei* Dämonen, wie soll ich in so *einem* Familienhaus überleben?«

Nun die Vier, *vier* wie die Anzahl der Weinbecher, die den Sederabend strukturieren, und *vier* weitere morgen, dann noch mal *vier* im nächsten Jahr, und am Tag darauf, und im Jahr darauf, und immer so weiter. Für immer *vier* ohne Sarah. Ich, *ein* Witwer, verdammt dazu, in Gesellschaft von Michelle und ihrer *drei* Opfer allein zu trinken, aber zum Glück mit meinen *zwei* Kleinen, in einem gemeinsamen Haus.

Dann die Zahl Fünf, die *fünf* Finger meiner Hand, die zu zittern beginnen, sobald ich nach einem Glas greife. Ich versuche alles, um Ruhe zu bewahren, aber die Hitze nimmt zu, und meine feuchte Hand kann sich nicht mehr kontrollieren. Wieder anfangen bei den *vier* Bechern, vor Michelle, den *dreien*, den *zweien*, in *einem* zukünftigen Familienhaus. Der Drehwurm hat mich gepackt.

Sechs absurde Geschichten am letzten Sederabend, Pinhas kann *ein* Abendessen als Alleinunterhalter bestreiten und uns die Traurigkeit unseres Lebens vergessen lassen, die Traurigkeit meines Körpers, meiner *fünf* Finger, über die ich die Kontrolle verloren habe. Denen es nicht mehr gelingt, sicher nach den *vier* Bechern zu greifen, *fünf* Finger, über die sich Michelle und die *drei* anderen Erwachsenen Sorgen und die *zwei* Kleinen lustig machen. Ich muss *ein* Haus kaufen, bevor meine letzten Kräfte schwinden.

Sieben, das muss die Anzahl der Klopapierrollen sein, die Patrick an einem Abend verbrauchen kann. Mit *sieben* Rollen, um seine jüdischen Ängste wegzuwischen, den *sechs* Geschichten von Pinhas, die Michelle auf die Palme bringen, und meinen *fünf* Fingern, die ich nicht mehr unter Kontrolle habe, weiß ich nicht, ob ich es bis zum Ende des Abends, den *vier* Bechern und ihren *drei* entgeisterten Gesichtern schaffe, ich bin mir nicht sicher, dass ich meine *zwei* Enkel vor diesen unkontrollierbaren Erwachsenen beschützen kann, und wage mir erst gar nicht auszumalen, was in *einem* Haus passieren wird, wo nach dem Essen alle zum Übernachten bleiben.

Und wenn sie mich als Geisel nehmen? Eingeschlossen in dieses Haus, *drei* Mahlzeiten pro Tag. Also *achtzehn* Geschichten von Pinhas. Wenn das *eine* Woche dauert, *einhundertsechsundzwanzig* blöde Geschichten. *Neunundvierzig* Klopapierrollen. Als Geisel, die Nazis werden mich als Geisel nehmen, deshalb haben sie mir diese ganzen Zahlen in den Kopf gesetzt. *Vier* Becher und *zwei* Abende, das macht *acht* Gläser Wein. Ohne Sarah. *Sieben* bei Tisch. Wir sind jetzt bei *sechsundfünfzig* heruntergespülten Bechern, ohne die Matzen mit ihren bräunlichen Spitzen mitzuzählen. Vielleicht sollte ich sie zählen? Ich werde ihnen die Stirn bieten, den Zahlen, den Hakenkreuzen. Die mich gemeinsam umkreisen, die sich überlappen und um den Tisch tanzen. Und das Zahlenlied, das trotz des Drehwurms nicht aufhört, Tania und Samuel, die versuchen, meinem Rhythmus zu folgen. Sie werden heute Abend lauthals singen. *Acht?* Die Tage vor der Beschneidung. *Neun?* Die Monate der Schwangerschaft. *Zehn?* Die Gebote. *Elf?* Die Sterne in Josefs Traum. *Zwölf?* Die Stämme Israels. *Dreizehn?* Die göttlichen Eigenschaften. Stopp.

Ich hole tief Luft und presse die rechte Faust an meine Brust. Dann endlich ausatmen. Wie der Arzt es mir beigebracht hat. Ich mache es noch mal, und noch einmal, allmählich kommt wieder Ruhe über meinen Körper. Das Tempo verändern, damit ich Luft holen kann. Mich beruhigen und mir die sanften Stimmen von Tania und Samuel vorstellen, die eine andere, immer länger werdende Melodie, Chad gadja, herunterleiern. Die Geschichte eines Lämmchens, das von einer Katze gefressen wurde und sich in einer Fabel voller Raubtiere wiederfindet. Sobald ein Tier ein anderes tötet und vertilgt, taucht ein noch stärkeres auf. Sarah mochte es, wenn Tania und Samuel diese Zählgeschichte sangen. Ich muss ihnen zuhören, um ohne Sarah durchzuhalten, und darf sie nicht unterbrechen, das hat sie mir verboten. Kein Lagerwitz, kein Zyklon B, um den mit dem Schächten beauftragten Schochet zu vergasen. Niemand darf das österliche Zähllied verderben, mit dem unser Sederabend endet.

Ich schließe die Augen und denke an letztes Jahr. Samuel schaut seine Schwester an und beginnt in einem langsamen Rhythmus, der sich mit jeder Wiederholung beschleunigt. Tania folgt ihm und passt das Tempo nach den ersten Silben an: »Ein Lämmchen, ein Lämmchen, das mein Vater für zwei Münzen gekauft hat. Da kam das Kätzchen und fraß das Lämmchen, das mein Vater für zwei Münzen gekauft hat. Da kam das Hündchen und biss das Kätzchen, das das Lämmchen fraß, das mein Vater für zwei Münzen gekauft hat. Da kam das Stöckchen und schlug das Hündchen, das das Kätzchen biss, das das Lämmchen fraß, das mein Vater für zwei Münzen gekauft hat. Da kam das Feuerchen und verbrannte das Stöckchen, das das Hündchen schlug, das das Kätzchen biss, das das Lämmchen fraß, das mein Vater für zwei Münzen gekauft hat. Da kam das Wässerchen und löschte das Feuerchen, das das Stöckchen verbrannte, das das Hündchen schlug, das das Kätzchen biss, das das Lämmchen fraß, das mein Vater für zwei Münzen gekauft hat. Da kam der Ochse und trank das Wässerchen, das das Feuerchen löschte, das das Stöckchen verbrannte, das das Hündchen schlug, das das Kätzchen biss, das das Lämmchen fraß, das mein Vater für zwei Münzen gekauft hat. Da kam der Schochet und schächtete den Ochsen, der das Wässerchen trank, das das Feuerchen löschte, das das Stöckchen verbrannte, das das Hündchen schlug, das das Kätzchen biss, das das Lämmchen fraß, das mein Vater für zwei Münzen gekauft hat. Da kam der Todesengel und tötete den Schochet, der den Ochsen schächtete, der das Wässerchen trank, das das Feuerchen löschte, das das Stöckchen verbrannte, das das Hündchen schlug, das das Kätzchen biss, das das Lämmchen fraß, das mein Vater für zwei Münzen gekauft hat. Da kam der Heilige und ermordete den Todesengel, der den Schochet tötete, der den Ochsen schächtete, der das Wässerchen trank, das das Feuerchen löschte, das das Stöckchen verbrannte, das das Hündchen schlug, das das Kätzchen biss, das das Lämmchen fraß, das mein Vater für zwei Münzen gekauft hat ... ein Lämmchen, ein Lämmchen ...«

Stolz auf ihren fehlerfreien Parcours, mussten die beiden Teenager jetzt tief Atem holen. Die Erwachsenen schauten sie bewundernd an. Der Augenblick hing in der Schwebe wie am Hals des Lämmchens, friedlich. Dann brach Sarah das Schweigen, schob ihren Stuhl zurück und schloss ihre Enkel in die Arme. »Ihr wart großartig, was für ein schönes Sederende.« Ihr letzter Seder. Dann konnte sie ihren Stuhl nicht mehr erreichen und setzte sich, von ihrer Krankheit erschöpft, aufs Sofa. »Ich glaube, es ist Zeit, ins Bett zu gehen«, schloss Michelle. Sie erhob sich, nach ihr Denise. Dann folgten Pinhas, Patrick, Leyla, Tania und Samuel. Alle näherten sich dem weißen Sofa, um Sarah zu umarmen, sich neben sie zu setzen, auf ihrer Höhe zu sein, ihr einen Kuss auf die Wange zu drücken.

Der Tisch ist abgeräumt. Ich werde die Wohnung noch lüften müssen, um mir die unangenehmen Bemerkungen von Michelle zu ersparen, die gleich kommen wird. Auch heute Abend werde ich lüften, wenn alle gegangen sind. Frische Luft, um ihren Geruch zu ersticken, und damit sie mich trauern lassen, allein.

Wenn wir die Haggada zugeklappt, wenn sich alle verabschiedet und ihre Mäntel angezogen haben, werde ich in mein Zimmer gehen und mich auf mein Bett setzen. Michelle und Denise haben einen Schlüssel, sie werden hinter sich abschließen. Und wie jede Nacht seit Sarahs Tod werde ich noch ein bisschen warten, in der heimlichen Hoffnung, dass mir jemand Gutenachtsagen kommt. Ich hasse die einsame Zeremonie des Zubettgehens, trauere fast schon der Baracke in Auschwitz nach. Aber ich hoffe, dass Tania und Samuel, meine Enkel, mir heute Abend noch mal einen Abschiedskuss geben werden, bevor sie gehen. Warm eingewickelt.

Tania wird nichts von ihren Gefühlen preisgeben, wie ihre Mutter, und sich damit begnügen, in einem Blick ihren ganzen Schmerz, ihre Traurigkeit darüber auszudrücken, einen Witwer allein mit seinen Ängsten in den Schlaf finden zu lassen. Und sobald ihr die Tränen kommen, wird sie die Flucht ergreifen. In ihrer zu großen Jacke wird sie gehen, ohne sich umzudrehen, Richtung Tür, wo die Erwachsenen auf sie warten. Ich werde allein mit Samuel zurückbleiben. Womöglich der letzte Gang meiner trauernden Wüstendurchquerung.

Ich ziehe die Decke über mich und fühle, wie die Wärme meines Enkels mich einhüllt. Er legt sich auf meinen Greisenkörper, ja, ich male mir aus, wie er sich auf mich wirft und mich fest umschlingt. Ich höre das kaum vernehmliche Pfeifen seines unregelmäßigen Atems. Im Traum erwidere ich ungeschickt seine Umarmung und drehe mich schnell um, damit er meine Tränen nicht sehen kann.

»Gute Nacht, Opa. Mama will nicht, dass ich morgen zur Schule gehe, wir könnten vielleicht zusammen etwas unternehmen, oder mit Tania? Dann können wir über das Haus reden, bevor du zu Onkel Pinhas' Bruder gehst! Was meinst du? Wir entscheiden einfach alles und stellen den anderen dann unsere Pläne vor. Ich bin sicher, dass Mama am Ende allem zustimmt, wenn Tania und ich nicht lockerlassen.

Gute Nacht, Opa, weißt du, ich mag deine Lagerwitze. Ich weiß, dass sie Mama nerven und dass Papa sie nicht erträgt, aber ich finde sie lustig. Du bringst uns doch auch weiter zum Lachen, oder? Musst ja nicht auf die Eltern hören, die verstehen eben nicht wirklich, was du durchgemacht hast. Und Mama ist seit Omas Tod nicht gut drauf. Ich weiß nicht, wie ich es dir erklären soll, aber sie schreit genauso wie vorher, aber irgendwie so, als ob sie selbst nicht mehr an ihre moralischen Belehrungen glauben würde. Weißt du, was ich meine? Da darfst du dir nichts draus machen, und Onkel Pinhas auch nicht. Ich finde seine Geschichten toll, Mama könnte sich wirklich ein bisschen Mühe mit ihm geben. Auch mit der Tante ist es nicht immer leicht, ich weiß, das sehe ich ja an meiner eigenen Schwester, manchmal macht sie mich wahnsinnig. Verstehst du?

Gute Nacht, Opa, das war ein schöner Seder. Hast du gesehen, wie gut wir den Afikoman versteckt haben? Darüber haben wir uns seit zwei Wochen den Kopf zerbrochen. Und gut gesungen habe ich auch, oder? Wie fandest du denn diesen Sederabend? Willst du gleich noch mal nachlegen? Aber jetzt musst du dich ausruhen, du musst dich erholen, wir wollen nicht, dass du auch noch krank wirst.«

Ich zucke mit den Schultern, um dem Gespenst meines Enkels zu antworten, ein Schluchzen schnürt mir die Kehle zu. »Du musst schlafen, Opa. Gute Nacht, träum schön ...« Samuel steht auf, knipst das Licht aus und taucht den Raum in Dunkelheit. Oder es sind doch meine Lider, die sich vor Erschöpfung schließen. Ich höre Schritte. Immer diese Schritte. Ich stelle mir Samuels nackte Beine vor, die durch den Gang laufen. Ein hoffnungsloser Wimpernschlag, Bilder, die meine Bettstatt überfluten. Mein Körper kann mich doch nicht derartig im Stich lassen, meine Ohren und mein Sehvermögen, mein abschweifender Geist. Man verlässt sich darauf, dass ich den Abend leite und zelebriere, als Oberhaupt der Familie, meiner einzigen Familie; nunmehr amputiert von meiner heiligen Sarah.

Es klingelte an der Tür.

Das Krankenhaus hatte mich nicht erreichen können, unser Telefon war nicht richtig eingehängt. Der junge Mann, der dort stand, trug keinen Kittel, ungeschickt präsentierte er einen Ausweis mit seinem Foto. Sarah war deutlich gewesen, ich sollte als Einziger verständigt werden, wenn ihr Zustand sich verschlimmerte. Der junge Mann bot an, mir in den Mantel zu helfen, ich zitterte. Sie sei noch bei Bewusstsein, aber es gebe keine Zeit zu verlieren.

Draußen war es kalt.

Mein Kopf hebt sich, ich betrachte die Decke, die meinen Körper verbirgt. Der Oberkörper ist hier, Arme und Beine auf der falschen Bettseite. Allmählich lichtet sich mein Geist. Mir fällt wieder ein, dass ich mich dem Schlaf hinterhergewälzt habe, um ihn schließlich links zu finden. Links aus liegender Perspektive, auf ihrer Seite. Die Laken sind kalt, meine Augen müde. Ich halte den Atem an, um auf alle Einzelheiten in der Wohnung zu horchen, aber ich höre nichts, nicht einmal ein Knarren. Ob die Nazis sie erwischt haben?

Zu meiner Beruhigung rezitiere ich das Schma Jisrael. Zitternd erinnere ich mich, die rechte Hand über den Augen, dass G'tt einzig ist. Ich rezitiere die auswendig gelernten Worte, ein abends und morgens wiederholtes Lied, das ich seit Sarahs Tod unaufhörlich vor mich hin murmele, als wollte ich mich vorbereiten. Darauf, den letzten Ruf zu sprechen, so wie es geschrieben steht, wenn die Zeit gekommen ist.

Das Geräusch eines Schlüssels, wahrscheinlich Michelle, die kommt, um mir bei den Sedervorbereitungen zu helfen. Ich ziehe die raue Decke bis zum Hals, ich weiß nicht, seit wann ich eingeschlafen bin. Soll ich aufwachen oder mich einfach forttragen lassen? Ich versuche, den bevorstehenden Abend in allen Einzelheiten zu rekapitulieren, um noch ein bisschen was von meinen Töchtern, meinen Schwiegersöhnen und meinen Enkeln zu haben. Die früheren Nächte heraufbeschwören, mit Sarah, mit meiner vollzähligen Familie. Ihre Marotten bei den zahlreichen und doch immer gleichen Abendessen, die Abende des Fragens. Und diese Nacht ohne sie, ohne die Toten, diese Nacht, die so anders ist als alle anderen.

Seit Sarahs Tod zehrt das Alter an mir, wenige Stunden vor diesem Seder ohne meine Frau arbeitet es sich immer schneller voran. Ob ich überhaupt die Kraft haben werde, ihren letzten Wunsch zu erfüllen und unser Familienhaus noch zu erleben? Ich stelle es mir aus Backstein vor, mit einem langen, in die Wolken ragenden Schornstein. Seufzer und ausgezehrte Körper. Ein Krematorium. Menschlicher Rauch. Asche, die sich in meinen Nasenlöchern sammelt und mich am Atmen hindert. Bin ich wirklich noch wach? Wie sonst lässt sich diese Kurzatmigkeit erklären? Warum dieses Schwächegefühl, als würde meine Lunge von unmöglich zu verscheuchenden Bildern überflutet? Der Rauch verdichtet sich, es gelingt mir nicht mehr zu husten, die nach Tod schmeckenden Visionen auszuspucken. Meine Brust sackt zusammen, und ich schlucke. Mein Organismus ist zu alt, um die Erinnerungen zu verkraften. Wie soll ich mir überhaupt etwas vorstellen, mir mich ohne Sarah vorstellen?

Ich höre Michelles Stimme, die mich von Weitem ruft. Ich bin in der Wüste Sinai, die ich zum ersten Mal ohne meine Frau durchquere. Ohne die Kraft zu haben, die Heilige Stadt zu sehen. Zum ersten Mal werde ich nicht den altüberlieferten Refrain wiederholen: »nächstes Jahr in Jerusalem«. Es wird kein nächstes Jahr geben, und kein Jerusalem; ich bin außerstande, das Danach zu besingen. Das Einatmen ist mühsam, ich bekomme kaum noch Luft. Mit geschlossenen Augenlidern überlasse ich mich meiner Fantasie und gebe nach.

Jemand betritt das Zimmer. Sarah ist bei mir. Ich spüre ihre Hand in meiner, ihre zerbrechlichen Finger, die sich in meine Handfläche graben. Der Druck auf meine Brust wird immer stärker, allmählich finde ich Gefallen daran. Langsam verlagert sich der Schmerz in den Arm, zuerst ein Kribbeln, dann eine Spannung. Wörter dringen aus meiner Kehle, während gleichzeitig Michelles Gesicht erscheint. Ein Lied, das meine Töchter wehmütig sangen, wenn sie in ihrer Jugend aus den Sommerlagern zurückkehrten. Wie hat meine Erinnerung es wiedergefunden? Und warum jetzt, vor dieser Nacht?

Die Melodie überkommt mich, und meine Lippen murmeln vergessene Wörter: »Wenn morgen wieder Licht wird, zeig uns die Klarheit des Himmels.« Ich will mich strecken, doch mein Körper reagiert nicht mehr. Ich, Salomon, Sohn Davids, Sohn Jakobs. Ich, Salomon, der ich nicht mehr weiß, ob meine Lieder wirklich sind, ob mein letzter Ruf im Zimmer nachhallt. »Möge diese Nacht nicht die letzte sein ...« Michelles Gesicht ist neben mir, aber es ist Sarah, die zu mir spricht. Sie tröstet mich, verspricht mir, dass morgen wieder Licht werde. Dann werden wir zusammen sein. Ein Liebespaar mit verschlungenen Schenkeln, beide endlich wieder aneinandergefügt. Und unsere Flügel werden nachwachsen, wie überhaupt alles. Und wir werden uns ein wenig vom Boden erheben. Werden ein wenig fliegen.

© der deutschen Ausgabe: Verlag Antje Kunstmann GmbH,
München 2019
© der Originalausgabe: Éditions Zulma, Paris 2018
Titel der Originalausgabe: *Cette nuit*
Umschlaggestaltung: lowlypaper – Marion Blomeyer
Typografie + Satz: frese-werkstatt.de
Druck und Bindung: Pustet, Regensburg
ISBN 978-3-95614-315-1